「俺の血で我慢しろよ」
「凄い懇願だなぁ。いいよ。
このゲーム性でいこう」
と、フェリドが口を開く。牙が喉に突き立つ。

ここが、泣くことができる、最後の瞬間。
それに、

「うわぁああああああああああああああ」
彼は叫び声をあげた。地面を殴り、絶望し、泣き叫んだ。
その声が美しい空に響く。
そして誰もそれに気づかない。
みんな死んだから。
みんな彼が殺してしまったから。

CONTENTS

終わりのセラフ

一瀬グレン、19歳の世界再誕《リザレクション》1

鏡貴也

講談社ラノベ文庫

口絵・本文イラスト／浅見よう

プロローグ1　生きる意味

Seraph of the end

「ねぇねぇグレン」

「………」

「ねぇねぇねぇグレン」

「なんだようるせぇな」

「君さ、最近性欲ってあるの？」

「……はぁ？」

突然の問いに、あきれ顔で一瀬《いちのせ》グレンは横を見た。

横には、銃剣を構えて、照準を見つめている男がいる。

柊《ひいらぎ》　深夜《しんや》。

同い年の十六歳。

白い髪に、戦闘服。深夜はこちらを見ない。任務があるから、照準から目を離さない。

だが、離さないまま、彼は続ける。

「ないの？」

「だからなにが？」

「性欲」

「なんで性欲の話になるんだよ」

「いや、君のほうがこの話はじめたんじゃない」

などと言うが、自分はまったく、そんな話をしたおぼえがなかった。

だから首をかしげて、グレンは言う。

「いつそんな話をした？」

「ついさっき」

「してねーだろ」

「したよ」

「してねぇ〜。っていうか、そんな話してる状況じゃねぇ〜」

と言いながら、グレンは窓の外を見つめる。彼らがいるのはビルの上階だった。廃ビルの中。彼らには任務がある。だから、一瞬も窓から目を離すことができない。

なのに、深夜が続ける。

「で、あるの？」

「まだ続くのかよ」

「性欲」

「なんで急にそんな話になんだよ」

「エロ本派？　それとも動画派？」

「任務に集中しろって」

「どっち派か言いなよ～」

「はぁ……じゃあおまえはどっち派なんだよ」

「んー？　悩むなぁ。どっちにも魅力あると思わない？」

「知るか」

「ははは」

と、深夜は笑う。

やはり銃の照準に目を向けたまま。

もう二人は四時間、ここで窓の外を見つめていた。

見張りだ。

この窓の外の通りを、西から東へ向けて誰かが通ろうとしたら、止める必要があった。

ビルの地下ではいま、仲間たちが世界を救うために奮闘している。

具体的に言えば、電力の復旧について仲間たちは頑張っているのだが、どうして電力を復旧しなきゃいけないのかはいまはいい。

ただ、この通りを見張る必要があった。

敵がこないか。

邪魔者は現れないか。

しかし四時間も見張っていると、あまりに暇で、二人はいろいろな話をした。

大半はくだらない話だ。

たとえばゲームの話。

今日の天気の話。

好きなスポーツの話（結局二人はなんのスポーツも知らなかったのだが）。

とにかくくだらないことを話した。

しかしその中に、性欲についてを語ったものはなかったように思うが。

だからグレンは聞いた。

「深夜」

「ん？」

「俺のどの話題が、性欲の話に繋《つな》がったんだ？」

そう聞くと、深夜があっさり答えた。

「さっき天気の話したじゃん？」

「したな」

「今日は晴れてるけど」

「ああ」

「こんな晴れてるのに、人間がほとんど死んで、世界は破滅しちゃってる。こりゃもう絶望でしょ？」

「………」

「で、こんな世界での、正義はなにか？　生きる意味はなにかって、悩むと君は言ったじゃない」

「ああ、確かにそうだな」

窓の外は晴れていた。

うんざりするほど平和に、静かに、強い陽射しが入り込んできて。

深夜が続ける。

「で、しばらく僕も考えてみたんだけどさ」

「………」

「生きるってなにか。生きる意味ってなにか。こんな世界でも、生きる意味ってなにかなーって」

「……んで？」

「って言われても、答えなんかでないけど……でも性欲ってさ、これたぶん生きる意味だよね」

「………」

「もしくは、生きる意志か。生きるぞーって思うから性欲があって。あと食欲もかな。睡眠欲も。腹減って。エッチなこと考えて。眠たい眠たーいって寝て」

「ただのアホじゃねぇか」

「ははは。でも、アホみたいなほど前向きに体は生きてるなぁって思って」

と、深夜は言う。

生理的欲求があるということは、生きる意志があるということだ。

だが、

「体が生きてりゃ生きる意味になるのか？」

「どうだろね」

「こんな世界で、なにか正解はあるのか？」

するとと深夜は肩をすくめて答える。

「正しくなきゃ生きてちゃいけないなんて、君は思う質《たち》だっけ」

「…………」

「それとも、正義はどうのこうのとか、誰かに言われた？」

「いや……ああ、そうだな……でも、おまえと話すと楽になる」

というと、横で深夜が笑うのがわかった。

「なんか楽になりたそうな顔してるからこの話したんだけど。ねぇグレン」

「なんだ？」

「なにに悩んでるの？」

「…………」

「こんな世界じゃ、生きる意味がないかな？」

「……おまえはどう思ってる？　こんな世界でも生きる意味があるか？」

すると深夜は、唇をとがらせるような声で言う。

「ん〜、でも前の世界でも、別に生きる意味があるかどうかは謎だったからなぁ」

確かに、深夜の生きる世界はひどい場所だった。柊真昼《まひる》の許嫁《いいなずけ》になるためだけに、子供のころに売られ、訓練させられてきただけの人生。

役に立たない弱者であれば、すぐに殺されるような場所で彼は育った。

そしてきっと、誰かを殺して、今日までを生き抜いてきたはずだ。

だから彼はきっと、生きる理由についてはよく考えていただろう。

なぜ生きるのか。

なんで生きるのか。

当然その答えはでないはずだ。

おまけにいまは、世界も破滅してしまっている。

人類は強さを失い、食物連鎖の頂点捕食者ですらなくなってしまった。

こんな世界で、生きる意味があるか？

「…………」

「…………」

なぜかそこで、二人はしばらく黙った。

ただ、ただ、誰も生きていない街を見つめる。

電気が通っていない街。管理者がいない発電所が、ダウンしているのだ。陽が落ち、夜になれば真っ暗になるだろう。

数分して、グレンは言った。

「……ここまでして、それでも生きる意味があるか？」

すると深夜が答えた。

「グレン」

「ん」

「僕に聞くなよ」

「まあそうだが」

「もしくは、君があるって言うなら、僕もあるって言うよ」

「あ、おまえ卑怯《ひきょう》だぞ」

だが深夜が笑って言った。

「どうするグレン。生きる意味あんの？」

「…………」

「ほらほら、どうなのグレン。ないなら自殺するから、早く決めてくれる？」

なんて、へらへらと深夜は言う。

答えは簡単だろといわんばかりに。どうせ、生きる意味はあるって言うんだろ、といわんばかりに。

「…………」

それにグレンは顔をしかめて考える。

生きる意味はあるのか。

こんな世界で、生きる意味はあるのか。

こんな世界に、無理矢理——蘇生《そせい》されてまで生かされる意味があるのか？

その、答えはなかった。

少なくとも、正義と呼べるような、正しい答えはなかった。

だが、彼は言った。

「ある」

「そか」

「生きる意味はある」

「そう決まった？」

「ああ。そう決めた」

「じゃあもう、悩まないね」

「ああ」

「誰のおかげ？」

と、深夜が言うので、グレンはなにかを答えようとして——


しかし街に、異変があった。

西から東へ、移動している何者かを発見した。

吸血鬼だ。

人間がほとんどいなくなったこの世界を堂々と歩くのは、吸血鬼とバケモノ。

それを見つめ、

「……敵だ」

と、グレンが言うと、深夜はうなずく。

「わかってる。狙撃を——」

「ここからじゃよけられる。敵は強い」

「そうだね」

「俺がいく。足止めするからおまえが殺せ」

「わかった。ねぇグレン」

「ん？」

「きっと生きる意味はある。だからこんなところで死なないでよ」

と、言うので、グレンはうなずいて、腰の刀を引き抜いた。

生き残るための戦いを始めるのだ。


だがしかし、この話は、ここから少しさかのぼって始まる。

世界が滅亡した瞬間。

滅亡直後からこの物語は——

プロローグ２

神が許さない罪とはなにか

Seraph of the end

たとえば、女を犯すのは罪だろうか。

無理矢理傷つけて、心と体を破壊する。被害を受けた者が自殺し、遺族が泣き叫ぶ。

それは絶望だ。

聞くに堪《た》えない話。

だがよくある話でもある。人類が繁栄していく中、何度も、何度も、何度も行われてきた話。

倫理に反し、罪に見えるが――神は裁いてこなかった。


なら誰かを傷つけ、殺すのは罪だろうか？

虫を殺す。

動物を殺す。

人を殺す。

命に大小があるのか？　そこに罪の大小があるのだろうか？　人は人を殺してきた。人は動物を殺して食べた。いや、人を食べた者もいるだろう。だがそれも、よくある話だ。何度も何度も行われてきた話。

倫理に反し、決して許せないと叫ぶ者もいるとは思うが——罰は下らなかった。

ならば罪とはなんだろう。

決して許されない罪とはなんだ。

バベルは？

イカロスは？

この世界にある、ありとあらゆる罪の中で、絶対に許されることのない禁忌《きんき》とはなんなのか。

「…………」

そして一瀬《いちのせ》グレンは、圧倒的に罪を犯した。

決して許されない罪だ。

禁忌だ。
世界の禁忌に触れたのだ。
どの神が怒ったのかはわからない。
神がいるのかもわからない。
だが、罰は下った。
だから終わった。

人類の繁栄は一度、終焉《しゅうえん》を迎えた。

第一章　破滅後

「くそ、くそ、なんだ！」

と、グレンは叫んだ。

新宿《しんじゅく》の地下。

深い深い地の底で、大声をあげ、叫んでいた。

「くそ、くそ、なんなんだ！　なんで生き返らない！」

七つ並んだ棺《ひつぎ》の一つを開き、中をのぞきこんで彼は怒鳴る。


七つ中、六つの棺の中では奇蹟《きせき》が起きていた。

死者が蘇生《そせい》したのだ。

首が胴体と切断されていたはずなのに、まるで何事もなかったかのように接合し、頬《ほお》に赤みがさし、心臓が動いた。

仲間が。家族が――五士《ごし》が、美十《みと》が、小百合《さゆり》が、時雨《しぐれ》が、そして顔も知らない二人の男が、蘇生を開始した。

いまは寝ている。

さっきまで死んでいたことに気づいていないかのように、仲間四人と見知らぬ二人は寝ているが。

「なぜ生き返らない！　生き返るはずだ！」

と叫びながら、最後の一つの棺の中でいまだ蘇生しない、仲間の胸をグレンはたたく。

「生き返れ！」

柊《ひいらぎ》深夜《しんや》の、動かない心臓をたたく。

「生き返れ！　生き返ってくれ！　頼む！」

だが心臓が動かない。

呼吸を始めない。

傷は塞がっている。彼を殺してしまった胸の穴は、すべて塞がっている。なのに、深夜は目を覚まさなくて。

「深夜！　深夜！」

名前を呼ぶ。

だが、目を覚まさない。

「おい深夜！　起きろ！　目を覚ましてくれ！」

体を揺する。

胸を殴る。

懇願する。

そして、

「蘇生するはずだ！　そういう約束だった！」

グレンは叫んだ。

「誰だ！　誰が蘇生させる⁉　神か⁉　悪魔か⁉　それとも他のなにかか⁉　俺は禁忌《きんき》に触れた！　認める！　俺が罰を受ける！　どんな罰でも受ける！　だから、だから深夜を蘇生させてくれ！」

そう、天井を見上げて、神に願う。

だが返事はない。

神からの返事はない。

なのに他の場所で、声がする。

巨大な地下の研究室の中。

この、人間が犯した滑稽な罪の姿を眺めにきた酔狂《すいきょう》な男が——

「んー、生き返るはずだけどね。そこだけ失敗したのかな？」

などと言って近づいてくる。

それは銀色の長い髪を持つ、ひどく美しい男だった。

赤い瞳。

鋭い牙。

吸血鬼だ。

それも、貴族。

フェリド・バートリーと名乗った男がゆっくり、ゆっくりと近づいてくる。

死んだままの深夜を見下ろす。それを見て、笑う。

「ん～、美しい死に顔だ。これは死んだままでもいいんじゃゃ……」

「黙れ吸血鬼！」

「わーこわい。でも、僕は生まれてこの方黙ったことがないんだよねぇ。パパもママも言ってたよ。おまえは股から出てきた瞬間からもう憎まれ口たたいてたって。あれでも、あれは親だっけ。どうだっけ。なんだっけなぁ～。まあ、とにかく――」

フェリドはにっこり笑って、言う。

「君の命令は聞けないなぁ、少年」

と、深夜へと手を伸ばしてくる。

その、腕をグレンはつかむ。

「触るな」

「なぜ？　コレはもう死んでる」

「蘇生させる。そのために俺は――」

「禁忌を犯した？」

「…………」

そう。そうだ。決して行ってはいけない実験を行った。

吸血鬼たちが必死に止めようとしていた実験。

《人間の蘇生》

それが、決して許されることのない罪だった。

誰が怒るのか。

なぜ罰せられるのか。

それはわからない。

だが、真昼《まひる》はこう言っていた。

蘇生をしたら、滅びが始まる――と。

世界が滅ぶ。

生き残るのは鬼と、子供だけ。人口は十分の一以下になる。

おまけにそれほどのリスクを冒しても、生き返った人間は十年しか生きられない不完全体になるのだという。

「…………」

そして、それらの言葉が本当かどうかもわからない。

ここは地下で。

世界と隔離されている。

だから、もう、外の世界は終わってしまっているのかもしれない。

もしくはそれは真昼がついた嘘《うそ》で、なにも起きていないのかもしれない。

蘇生の術式はうまくいき、それには罰などないのかもしれない。

だがその、どちらでもいいと思ってこの決断をした。

もしも罰がくだるのだとしても、自分は、家族と、仲間と、たった十年だけでも、一緒に過ごしたいと思ったのだ。

その、刹那的《せつなてき》な快楽と執着のためだけに、グレンは世界を売った。

なら、

「……深夜は、ここで生き返らなきゃならない」

と、彼は言う。

じゃなきゃ、禁忌を犯した意味がない。

フェリドがあははと笑った。

「すごい傲慢《ごうまん》。そういうの好きだよ」

グレンは無視して深夜の胸をもう一度たたいた。

「起きろ深夜」

だが目を覚まさない。

「頼むから起きてくれ！」

と叫ぶ。

だが目を覚まさない。

夢なら醒《さ》めてくれともう、ずっと、ずっと、ずっと、ここ十年ほど願っているが、しかしいつまでもこの悪夢は終わってくれない。悪くなる一方だ。

吸血鬼がそれにまた、手を伸ばしてくる。グレンは反応できなかった。

吸血鬼の動きは速い。

異常に速い。

おまけにこいつは貴族だ。普通の吸血鬼とはまた、次元の違う強さを持っている。

フェリドは、どんっと、深夜の胸に手刀を差し込んでしまう。

そこでやっと、

「おまえっ」

と、グレンは怒鳴ろうとしたが、もう遅い。胸に穴が空き、フェリドが深夜の心臓を握っていた。ぐいっと力を入れる。まるで空気入れのポンプを握るかのように、乱暴にその、心臓を握って。

殺される。

そう思った。

深夜が破壊される。

そう思った。

いやもう深夜は死んでいるのだが。

「やめてくれ！」

と、また、グレンが怒鳴ったところで——

「かはっ」

と、深夜の口が動いた。

それからずひゅーと、彼の喉が空気を吸い込む音がした。

ひゅーひゅー。

息を吸い込む音。

吐き出す音。

「なっ。深夜」

フェリドがそれに、言う。

「お♪　お♪　いいんじゃないこれ？」

手をぎゅっぎゅっと、握る。まるで心臓の代わりをするように、フェリドが心臓を鼓動させて。

「おお～独りでに動き出した――凄いぞ僕。まるで天才外科医だな」

と、手を引き抜いた。

深夜の色白の頬に、血の気が戻る。胸の傷が塞がっていく。ひゅーひゅーとか細い呼吸から、すーすーという寝息に変わる。

蘇生した！

深夜が蘇生したのが、わかった！

だが、声はかけない。

蘇生が完成したかがわからないから、もう、不用意に触れない。

そもそもどういう仕組みで人が生き返るのか、わかっていないのだ。

なぜこれが禁忌に触れるのかもわかっていないのだ。

ただ、生き返った。

理屈はわからないが、深夜が、息を吹き返して――

「……は」

と、グレンは声を漏らした。

「…………はは」

と、彼は泣きそうな顔で笑った。

真昼が死んで。

自分は禁忌に触れたが、それでも、仲間たちを蘇生させることができた。

そしてそれがわかった途端に、急に全身に疲労が訪れた。もう何日もほとんど休んでいなかった。それを体が思い出した。

『帝《みかど》ノ鬼《おに》』からの追手たちから逃げて、何人も何人も人を殺しながら、やっとここにたどりついたのだ。

そしてそのあげく、仲間が死んだ。

真昼も死んだ。

すべてを失った——

それで普通なら、終わりだ。

物語は終わり。

バッドエンドだ。

仲間や家族が死んで、もう取り戻せなければ、それ以上状況は悪化しないだろう。

だが、この物語にはその先があった。

そしてその先で。

「…………」

自分はいったい、なにを得るのか。

少なくとも一つだけ、わかっていることがある。

それは、深夜との約束は破った、ということだ。仲間たちとの約束はすべて破った、ということだ。

間違いを犯さず、弱いまま、みんなでここで死のうという約束を破って、自分は禁忌を犯した。

グレンは、がくんっと床に、膝をついた。

もう、疲れ果ててしまっていた。

ただ、ただ、全身が脱力して、

「……はははは」

と、乾いた声で笑う。

そしてそれを、吸血鬼が興味深げに見下ろしている。

「いやー、楽しそうだねぇ」

血みどろの体でグレンはぐったりと床に座りこんで、フェリドを見上げた。

フェリドの腕には、血がついていなかった。深夜の胸に手を差し入れたのに、まったく血に汚れていなかった。

深夜の中の血はもう、固まっていたのだ。

深夜は一度死んで、そして蘇生した。

神はその実験を許さない。

世界はその実験を許さない。

そして世界の秩序を守ろうとする吸血鬼たちは、その実験を許さない。

グレンは、フェリドを見上げて、言った。

「おまえは俺を殺しにきたのか？」

だがフェリドはこちらに背を向けて、別の棺のほうへと歩きだしていた。

七つある棺の一つ。

五士や、美十や、時雨や、小百合や、深夜ではない、見知らぬ男の棺のほう。

その、棺の中を見下ろして、フェリドは言う。

「……君らと違ってなんか不味《まず》そうだなぁ。僕は子供の血が好きなんだけど」

そう言いながら、棺から男の体を引き出す。首をつかみ、ぐいっと持ち上げる。

途端、男が目を覚ました。

「う、うわぁあ、なんだ。なにが起こった！」

男がフェリドを見て、

「おまえは誰だ！　ここはどこだ！」

と、言って、フェリドがそれに楽しげに答える。

「なにが起こったって、君は最後を覚えてないのかい？」

「最後？　なんのことだ？」

「最後の記憶だ。一番最後の記憶。最後になにがあった？」

「……最後。最後……？　いや、記憶が……」

と、考えるような顔になる。ひどく混乱しているようだった。当然だ。棺の中の男は、死んでいた。完全に呼吸も心臓も止まっていたのを、グレンは確認していた。死んでから蘇生したのだ。混乱くらいはするだろう。

だが、グレンはその、男を見つめて目を細める。

男は混乱している。

もしくは記憶が混濁している。

死んだときの記憶がないのか、それとも、死んだときの状況があまりに衝撃的すぎて、思い出せないでいるのか――？

男が続けた。

「……お、俺は、確か選ばれて……この実験の被験者になれば……彼女の治療費が出るって」

フェリドがそれに楽しげにうなずく。

「じゃあ彼女は病気なの？」

「……ああ」

「何の病気」

「エリヤ病っていう……」

「知らないね」

「治療しなきゃ、三十までは生きられないって。でも、特殊な病気だから、莫大《ばくだい》な治療費がかかるんだ」

「へぇ……で、彼女はいま何歳？」

「二十二」

「あは。十三歳以上か。じゃあもう死んでるね」

「な⁉　そんな……実験体になれば、治療費が出るってあいつら言ったんだ！　すぐに治療するって！」

男は暴れた。フェリドの腕をつかんで、怒鳴った。

「約束が違う！　約束が違うぞ！」

と、怒鳴った。

それが誰との約束なのか。

《百夜教《ひゃくやきょう》》か。

『帝ノ鬼』か。

それともまた、別のなにかか。

もしかしたら真昼の可能性だってある。

これは真昼の計画だ。

真昼が、運命から逃れ出るための計画。

男が叫んだ。

「じゃあ、じゃあ、もう彼女は死んだのか!」

泣いていた。男は泣いていた。

彼にも劇的ななにか、人生や運命があるのだろう。誰にだって運命はある。その運命はいつだって、海の沖へと流されて、周囲を見回しても陸地を見つけられなくて、あまりの自分のちっぽけさに途方にくれているのに、だめ押しするように嵐がきて起きる大波のように、人間を巻き込んでいく。

少なくとも、グレンはそういう世界しか、みたことがなかった。

「約束したのに! あいつら、俺に彼女を治療するって約束したのに!」

男が叫んだ。それをグレンは、見つめる。まるで自分を見ているかのような錯覚を感じながら、見つめる。

だが、フェリドは楽しげにへらへらと笑った。

「いやその彼女は別に、エリヤ病で死んだわけじゃないよ。彼女の死因は別だ」

男は泣きながらフェリドをにらんで言った。

「おまえ、いったい彼女になにをした!」

「僕はなにも。やったのは彼だよ」

と、こちらを見やる。

笑いながらフェリドは妖艶な赤い瞳でグレンを見つめてくる。

すると男がこちらを向く。

男の瞳には憎しみが宿っている。その気持ちが痛いほどわかる。復讐《ふくしゅう》する相手がいるのだ。誰にだって、こんな絶望しかない世界で生きるためには、生きる意味が必要なのだ。

男が言う。

「ほんとか？　おまえがやったのか？」

グレンは答えない。

「…………」

「おまえがやったのか⁉」

「…………」

「答えろ！　おまえが彼女を殺したのかっ！」

「…………」

「殺す」

「…………」

「おまえを殺す」

「…………」

「なにがあっても、絶対にだ！」

フェリドは、彼女の年齢を聞いて、十三歳以上なら死んでると、言った。

そして真昼も、そんな話はしていた。

世界は子供以外は生き残れない。もしくは、鬼に憑《つ》かれていない、普通の人間は生きられない、と。

もしそれが本当で、この研究所の外がもう、破滅しているのだとすれば、男の気持ちはもっともだろう。

殺されるべきだ。

俺は、殺されるべきだ。

自分のエゴのために、すべての人間の運命を破壊して世界を破滅させてしまったのなら、自分はもう——死ぬべきだと思う。

「…………」

フェリドがそれに笑って、

「いいねいいね。殺すならいまやりなよ。でも、君にその力があるのかなぁ。彼は強いよ。なんせエゴのためなら、世界も売る男だ。君のエゴが彼のエゴに勝てるのか、ちょっとやってみせてよ」

と、手を離した。男は床に落ち、それからすぐにこちらに走り出した。

「殺してやるううううう！」

泣きながら叫ぶ。殴りかかってくる。グレンはそれに抵抗しない。素直に殴られた。頬を。胸を。腹を。男は親指を彼の眼球に突き立ててくるが、それも受け入れた。眼球が潰れ、男の指が自分の目の中に入ってきたのがわかった。

だが、そのすべてに、痛みを感じなかった。

男は普通の人間で。

自分はもう、《鬼呪《きじゅ》》に、鬼に、破滅に取り憑かれてしまっていた。

「死ね、死ね、死ね、死ね」

男が叫びながら、床に倒れたグレンの顔面を殴り続けるが、死ぬことができない。

《鬼呪》による再生のほうが、男の力よりも速くて、眼球も、皮膚も、肌も、なにもかもがどんどん、もとに戻ってしまって。

「なんだおまえは！　なんなんだおまえはぁあああ！」

男の腕を、ゆっくりとグレンはつかむ。

「離せ！」

「……すまない。おまえに殺されてやるわけにはいかない」

「ふざけるな！　彼女を返せ！」

「……彼女のことはわからない。だが、おまえに聞きたいことがある」

「黙れ黙れ黙れ。おまえを殺して……」

「おまえは、死んだときの記憶はないのか？」

と、聞いた。

その情報が、グレンにとっては重要だった。

深夜や、五士、美十、時雨、小百合が、死んだときの記憶があるのか、ないのか、それが重要だった。

もし、あるのなら……

「………」

この絶望を。

禁忌に触れてしまったという責任を──一緒に背負わせることになってしまう。

いや、こんなことをした彼を、許してくれないだろう。約束が違うのだ。こんなことは、すべきじゃなかったのだ。

だがその、記憶がないのであれば──

グレンは聞いた。

「おまえは死んだ。死んでいた。その記憶は、ないのか？」

男がそれに、目を大きく見開いて言う。

ひどく、なにか大きな恐怖に怯えるような顔。

怯《おび》えるような顔。

「なにを言ってる」

「死んだときの記憶は——」

が、そこで、男が頭を押さえた。

「や、やめろ。う、うわ、うわぁ」

と、叫びだした。あきらかに様子がおかしい。

「うそだ。そんな。うそだ。なにを俺に……」

直後、目の中から光が放たれた。内側から輝くナニカによって、全身が、魂が、まるで蝕《むしば》まれていくように見えた。

全身が輝く。

だがそれは罪の光。

そう見えた。理由はわからない。だが、心がわかった。ナニカによってわからされた。

やってはならないことをした。

決して触れてはならないものに触れた。

それは罪だ。罰だ。禁忌だ。絶望だ。

その、絶望が明るく、明るく、男の体の中から外側へと光り始めて、体中をかきむしる。

「うあぁあああああああああああああああああああああああああああああ」

男の声が甲高くなっていき、体が宙空に浮いた。

叫び。

呪い。

絶望。

怨嗟《えんさ》。

そして最後に、どんっと音を立てて男の体は光輝いて爆発し、すぐに霧散した。

「なっ」

それを見て、グレンは、そう声を漏らした。

男はもういない。

欠片《かけら》一つ残っていない。

まるで最初から存在していなかったかのように、完全に消滅してしまって。

「………………」

グレンは目を、細める。

男は——一度死んだ、という事実を伝えたことで消滅してしまったように見えた。

フェリドがそれに、

「おー」

と言った。

それからさらに、

「いや凄い。まーた君はエゴで一人殺したね。真昼ちゃんの言う通り、強烈に鬼に憑かれてる。もしくはもう鬼なのか」

「…………」

グレンがフェリドを見ると、吸血鬼はやはり楽しそうで。

「七つ棺があって、二つ、見知らぬ死体を残した。なぜか？　マニュアルにするつもりだったんだ。仲間の蘇生をうまくやるための、実験に使うつもりだった。で、実際にそうした。賢い結果が出た。どうやら仲間は蘇生を覚えてない。知れば消滅する。決して知られるわけにはいかない。これは、実験しといてよかったねぇ」

だがそれを無視して、グレンは立ち上がる。男にえぐられた眼球はもう、完全に修復している。やはり自分はすでに人間ではないのだ。

いや、人間ではないから、いまも生き残っているのかもしれない。

人間を蘇生させると、神の罰が下ると真昼は言っていた。

ウィルスが蔓延《まんえん》し、十三歳以上の人間はすべて死んでしまうのだという。

だが自分はもう、十六歳だ。つまり、ウィルスに感染して死んでいるはずの年齢だ。

しかしまだ、生きているのは——自分がもう、鬼と混じってしまっているからか。

もしくはもう、フェリドが言う通り、完全な鬼なのか。

「…………」

グレンは、仲間たちが収められた棺のほうへと目を向ける。

深夜が、五士が、美十が、時雨が、小百合が眠っている。

その、寝顔を見つめ、彼は言った。

「……こいつらは頭がいい。ここで目を覚ましたら、きっと死んだことに気づく」

「ふむ。じゃあどうする？」

さっきの男は、棺から出した瞬間に目を覚ました。深夜たちも、出したらすぐに目を覚ますかもしれない。

なら、

「……麻酔を手に入れないと。まだ、しばらく寝かせておく必要がある」

と、彼は周囲を見回す。だがここは研究所だ。人を蘇生させるような禁忌の研究を行っていた研究所。麻酔くらい、いくらでもあるだろう。

探したら、すぐに見つかった。

麻酔。自白剤。時限制の毒薬。見知ってる薬物から、まったく知らないものまで、なんでもあった。

その中の一つを選び、五人に注入した。

これでしばらく、仲間たちは目を覚まさないだろう。

それでもさらに、薬がきちんと効くまで待った。この薬は数分で意識を失うものだったが、念のため二十分待った。

だがそれでも足りない。もしも棺から出した瞬間に、蘇生の実験の効果が麻酔の効果を打ち消してしまって目を覚ましてしまう可能性も考え、左手に注射器を持ってから、まずは深夜の襟首をつかんだ。

　血まみれの服。

敵の血と、深夜自身の血と、たぶんきっと、グレンの血も混じった、服。

その襟をつかんで、

「いくぞ深夜。起きるなよ」

と、声をかける。

深夜は相変わらず寝ている。気持ちよさそうにすーすーと寝息を立てている。

それをしばらく見つめてから、彼は深夜を棺から引っ張り出す。

「…………」

「深夜」

「…………」

「深夜。寝てるか？」

「…………」

「寝てるな？　起きるなよ？」

「…………」

「よし」

と、グレンは安堵《あんど》のため息をつく。深夜を肩にかつぐ。顔をあげる。次はどうしたらいいか。どうしたら深夜たちが、自分たちを死んだと思わないで蘇生できるか。

ああ、そうだ。まずは外の世界を見る必要があった。

まだなにもわからないのだ。

真昼が言ったとおり、もう世界は滅びたのか。

それとも、そんなのはすべて嘘で、ただただまた、真昼の言葉に振り回されただけなのか。

彼は、七つの棺の中央にある、蘇生のための呪術が施された穴を見た。

穴にはちょうどぴったり、日本刀が突き立てられている。

《鬼呪》の武器だ。

グレンが持つ、《ノ夜《のや》》という名の鬼が収められた武器。

しかし《ノ夜》は最後に言った。

真昼に取り込まれる——と、取り乱した声で言っていた。

真昼は自分の胸に《ノ夜》を突き立て、消えてしまったのだ。

死んだのか、それとも違うのか、それもわからない。

彼女の歩みは速すぎて、彼女のやることはいつだってわからないのだ。

その、刀を、グレンは見つめる。

《ノ夜》なのか、それとも真昼なのか。

だが、外に出るなら武器が必要だと思った。

ここにくるまで、ずっと敵に追われていたのだ。外には敵がいるかもしれない。なら、武器がいる。

もしくはこの蘇生のせいで世界はもう激変していて、もっと危険な場所になっているかもしれない——それならやはり、武器がいるだろう。

しかしグレンは、その刀を抜く気にはなれなかった。

もしも抜いたら、この蘇生が終わってしまうかもしれないから。

深夜や、五士、美十、時雨、小百合たちが再び、死んでしまうかもしれないと、そう思ったから。

だから、深夜を抱えたまま、言う。

「……悪い。ちょっと待っててくれ、みんな。外を見てくる」

「…………」

もちろん誰も答えない。麻酔で寝かせたのだ。

そのことにグレンは満足気にうなずくと、歩き出す。

するとキュンッという、甲高い、金属がなにかにぶつかるような音がした。

グレンの刀が宙空を舞っていた。そのままその、刀が、グレンの腰にあった鞘《さや》に戻ってきて。

「…………」

鞘を、彼は見下ろす。

腰に納まった刀を見下ろす。

それから聞く。

「……《ノ夜》か？」

「…………」

返事はなかった。

「真昼か？」

「…………」

やはり返事がない。

ただ刀が前とは違うものだということがわかった。自分と《ノ夜》は、かなり混じっていたのだ。だから、いま、腰に戻ってきた刀が、別のなにかだとわかる。

しかしそれがなんなのかを追求するような状況ではなかった。

とにかく、深夜たちを安全な状態にしなければ。

彼は歩き出す。

するとフェリドが後ろからついてくる。

「外に出てみるの？」

「ああ」

「外がどうなってるか、わくわくするねぇ」

「おまえはどうなってるか知らないのか？」

「噂《うわさ》しか。蘇生させるとこうなるよーって噂」

「どんな噂だ」

「君が知ってるものと一緒だよ」


つまり破滅だ。

世界は鬼と、子供しか生き残れない。

グレンは研究室へと続く、長い長い廊下を歩いた。

深夜を肩に抱えて、地上へと出て行くエレベーターをいくつか乗り継いでいく。

フェリドもついてきた。この男はこの状況で、ずっと楽しげだった。

地上へと向かう道。

その途中にいる人間たちは、みな死んでいた。だがそれがウィルスで死んだのかはわからない。自分たちはあの儀式場へと至る間に、ほとんどの敵を殺して進んできたから、ウィルスによるものではないだろう。

それに、ここにいるような奴らはみな、《鬼呪》の力を帯びているはずだった。なら、いまここで死んでいるのは、自分たちが殺したせいだろう。

三つ目のエレベーターに乗っているとき、フェリドが言った。

「大量虐殺者だ」

それにグレンは答えた。

「血を吸う吸血鬼がなにを言う」

「僕らはそんなに殺さないんだよ。必要な量の血の分しかとらないからね」

「へー」

「なにその反応。もっと興味持ってよ」

という言葉に、グレンはフェリドを見る。

「……なぜ俺を殺さなかった？　おまえらは人間が禁忌に触れるのを防いでるんだろう？」

「まあそうだね」

「ならなぜ仕事しない」

「仕事が嫌いなんだ」

「じゃあもし世界が滅亡してたら、おまえも……」

が、遮ってフェリドが言う。

「同罪だったら気が休まるって？　はは、いいね。僕と罪を割り勘にするかい？」

「…………」

「それでもいいよ。なんなら僕が悪いってことにしようそうしよう決まりだそれで君の心が軽くなるんならそれがいいねぇ」

「…………」

「でもちなみに教えるけど、さっきいったとおり、吸血鬼はあまり人は殺さない。そんな欲求はないんだ。吸血鬼は、欲望があまり維持できない。あるのは血への欲求と、あまりに長すぎる生への絶望だけ」

「…………」

「だからあまり殺さない。殺す意味も感じられないから。もしくはすごい殺す。やはりそれも意味を感じられないから。心が、壊れちゃってるんだ。で、さて、僕はどっちだったのか？　たぶんそこが君にとっては意味があるだろう？　僕が壊れちゃってるんなら、罪を案分しても心は安まらない。だって君は壊れてないからね。異常者とは罪はわけあえない。さてじゃあどっちか。僕はどっちか」

うるさく喋《しゃべ》るフェリドのほうをグレンは見つめ、

「興味がない」

と、改めて言う。

なぜならきっと、後者だからだ。

フェリドの瞳は理知的だった。へらへらと笑う瞳の奥には、怖いほどの知性と理性があるように見え、さらにその奥に狂気が、狂気の奥にはまた理性があるように見えた。

その楽しげな瞳をしばらく見つめてから、グレンは聞いた。

「で、どっちなんだ？」

「どっちだと思う？」

「知るか」

「ははは。でもまあ、自分のことは僕にもわからないんだけどねぇ。ただ、ママが言ってた」

「ママ？」

「うん。僕を股から生んでくれた女の人。美人だったんだよ」

「で、そのママは、おまえについてなんて言ってた？」

するとフェリドがにっこり笑って、

「ママはこう言った」

それから両手をあげて、まるで芝居でもするかのように、

「なんでこんなことしたの。なんでこんなことするの。ひどい。ひどい」

「…………」

「ひどすぎる。ああ、でも、お願いフェリド。殺さないで。お願い〜きゃあ〜」

「……笑えない話だ」

「うん。確かにね。母さんも死んだら笑ってなかったなぁ」

「…………」

「ふ、ふふ、ははは、はははははは」

フェリドはなにが楽しいのか、エレベーターでけらけら笑った。

その話が冗談なのか、本当なのか、まるでわからなかった。

やはり感じられるのは狂気だ。

もしくは知性。

そしてその感じは、以前にも感じたことがあった。

真昼と話しているときも、ずっと同じような感覚に襲われる。

探っても探っても底が見えない恐怖。

ああ、いや、真昼はもう少し理性が残っていたようにも感じられたが――

「ちょっと聞きたいんだが」

と、グレンは言った。少しだけこの男に興味を持てるポイントが出来た。こいつは、真昼と共謀していたのかどうか。もしそうなら、この異常な二人が、いったいどんな会話をしていたのか。

するとフェリドがこちらを見て言う。

「なんだい一瀬《いちのせ》君」

グレンは聞いた。

「おまえは真昼と、接触してたのか？」

その問いに、フェリドはにっこり笑って言った。

「うん。セックスもしてたよ」

「っ」

「嘘だよ」

「って」

「ほんとだよ」

「あっ⁉」

「やっぱ嘘～」

だめだ。

こいつとはやはり、まるで会話が成立――

が、そこで急にフェリドが動いた。首をつかまれる。エレベーターの中で、無理矢理、首をつかまれ、どんっと壁に押しつけられて――

「がっ」

とだけしか、声が出ない。

フェリドの顔が近づいてくる。

赤い瞳。

瞳孔《どうこう》が開いた、真っ赤な瞳。

フェリドは大きく口を開く。そこには鋭い牙が生えていて、言う。

「真昼ちゃんより、君の血のほうが美味《おい》しそうだからさぁ」

「…………」

くそが――と、口を動かすが、声がでない。深夜を抱えていないほうの手でフェリドの髪を後ろからつかんで引っ張ろうとするが、びくともしない。

まるで、幼稚園児が大人に押さえ込まれているかのような力の差に、彼は絶望する。

「……ぐうっ」

フェリドはやはり楽しそう。

「だから君の血を飲みたいんだけど、力じゃ僕が強いから、無理矢理だと簡単に飲めちゃうよねぇ」

「…………」

「でもそれじゃあつまらない。退屈だ。君が心の底から僕に血を飲んで欲しいって思ってくれないとつまらないんだ」

「…………」

「なんか、どうしてか、僕は吸血鬼なのにそういう欲求はあるんだよねぇ」

「…………」

ぐぐ、ぐぐぐ、ぐぐぐぐと、喉を手でしめつけられたまま、顔のすぐ近くでフェリドはそんなことを言う。

白く、毛穴がまるで見えない、異常なほどに美しい顔。だがそれを美しいとは思えない。恐怖だ。異常者がすぐそばにいるという、恐怖。

狂った吸血鬼の貴族が、ここにいる。

フェリドが言った。

「ああ、じゃあこうしよう。君の大切な友達の血を先に吸おうじゃないか」

「⁉」

「で、殺しちゃおう。これ凄くない？　せっかく世界を売って、君が必死に生き返らせた友達が、いきなり僕に血をからっからまで吸われて殺されちゃうの」

「つぐ、ぐ」

と、グレンはもう一度腕に力を入れる。深夜を抱えていない腕に、呪詛《じゅそ》を集める。

鬼の力が全身を巡る。

力だ。力を寄こせ。

ここでこいつを殺す。殺さないときっとまずいことになる。

だから、《ノ夜》か、真昼か、どちらかわからないが、こいつを殺せるだけの力を俺に

――


が、そこで、思いっきり顔を殴られる。

「がぁっ」

さらに腹を殴られ、内臓が破裂したのがわかる。

口から血が大量に吐き出される。

「おっと」

と、フェリドがその血で汚れないように一歩下がる。

体が動かない。まるで動かない。膝が折れ、そのまま床にくずおれていく。

フェリドが殴るのに使った手を振りながら言う。

「やー。でもいまのじゃ死ねないだろ。知ってるんだ。鬼に憑かれた人間を何人か拷問して壊してみたから」

「…………」

「内臓が破裂。でも修復しちゃうんだ。気持ち悪いよねぇ。人っていうのはすぐ死んじゃうから美しいのに」

そのまま、吸血鬼は深夜を拾う。深夜は眠ったまま。

くそ。くそ。どうしたらいい。

フェリドが口を大きく開き、深夜の首へと口を近づけていこうとしたところで、

「……やめろ」

やっと、声が出た。内臓の修復が始まったのだ。

するとフェリドの動きが止まる。深夜の首ごしに、冷たい赤い瞳がこちらを見下ろしてくる。

「……え？」

そして嬉《うれ》しそうに、

と、言った。

それにグレンは答える。

「……やめてくれ」

「…………え？　なに？　やめてくださいご主人様？」

「……そう言えば、やめてくれるのか？」

「どうかなぁ。君のオリジナリティが見たいところだけど。でも、考えてよ。柊深夜ちゃんの心臓を動かしたのは誰だっけー？　君が蘇生を頑張ったーって気負ってるかもだけど、あれぇ、確か天才外科医にもお世話になったよねぇ。その礼はどこにいっちゃうんだろ」

「……感謝してる」

「と、口だけで感謝？」

そう言うのに、グレンは深夜を見る。深夜の顔の上でエレベーターの階数表示が、どんどん、地上へと向かっている。もうすぐ地上へつく。

いまはまだ地下だが、もうすぐ、日の当たる地上へと出る。

そして自分たちは、なんとか生きて、地上に出る必要があった。

だから――

「……はぁ。わかったよ」

と、グレンは言った。

それから戦闘服の、自分の襟首を自分で緩めて首を出した。

するとと初めてフェリドの中にある欲望を感じた。

ごくりと、フェリドの喉が鳴ったのだ。

「俺の血を吸えよ」

そうグレンが言うと、フェリドは笑う。

「その口調がまさか君の懇願？」

「オリジナリティが見たいって言ったろ」

「はは、確かに、俺様君だなぁ」

吸血鬼が、深夜を下ろす。そして近づいてきて、体を持ち上げる。ぐいっと髪をつかまれ、首を露《あら》わにさせられる。

「やっとこれで君は、ほんとの意味で柊深夜ちゃんを救ったね。僕はさっき、本気で殺すつもりだったから」

「俺の血で我慢しろよ」

「凄い懇願だなぁ。いいよ。このゲーム性でいこう」

と、フェリドが口を開く。牙が喉に突き立つ。ぎゅ、ぎゅるるる、ぎゅるるるるると、血が吸われる。

血が吸われることに、大きな快楽がある。

それはもう、真昼に血を吸われてわかっている。血を吸われ、死へと疾走していく自分の体に、脳が快楽ホルモンを出すのだ。

その快楽におぼれないよう、グレンはただ、ぼんやりエレベーターの天井を見上げている。

階数表示は、

地下七階。

地下六階。

地下五階。

血を吸われる。血を吸われる。

地下四階。

地下三階。

地下二階。

ギュル、ギュルルル、ギュルルルルルル。

地下一階。

地上へ到着。

まるでそれが見えていたかのように、

「ちーん、到着～」

と、グレンの首から口を離したフェリドが言った。

「ああ美味しかった。君の血はまるで、罪の味がしたよ。それじゃさて、外がどうなったか見ようか」

と、床にグレンを捨てた。

血を吸われて、また、力が入らない。

呪詛だ。呪詛に血液の代わりをさせないと。

「………………」

頭の中が、ぼんやりする。視界がはっきりしない。

ただ、エレベーターの扉がゆっくり開いていくのがわかった。

エレベーターの外は、新宿のはずだった。

ここは新宿の地下にある研究所なのだ。

もしもウィルスが蔓延して、大人が全員死んでいるのなら、外は大変なことになっているだろう。

扉が開く。明かりがエレベーターの中に入ってくる。

フェリドが振り返って、外を見る。

その、吸血鬼に、グレンは聞く。

「………外は、どうだ？」

「ん？　素晴らしいよ」

「…………どういうことだ」

「あは、敵がいる。殺されるかも。守ってほしい？」

「……敵？　いったい」

「考える時間はない。くるぞ。守ってほしけりゃ頼め。僕と契約したいって」

「……なんの」

「うるさい。頼めよ。懇願しろ。そしたらこの、破滅した世界の案内役をしてやる」

と、言いながら、フェリドは腰の剣に手をかけた。

破滅、といった。

破滅した世界と。

じゃあ、やはり、ウィルスが蔓延したのだろうか。

大人はみな死に、世界は激変したのだろうか。

自分のせいで。

俺の、エゴのせいで。

だがそこで、エレベーターの外から声がした。

大人たちはみな死んだはずなのに、声が聞こえた。

女の声だった。美しい、声。

その声が言った。

「フェリド・バートリー。いったいあなたはなにをしてるのですか？」

「やあサイレン。元気かな？」

「ふざけないで。ここはあなたの持ち場だった。でもあなたは到着が遅れて実験が止められなかったと聞いた。なのに、なぜここにいるの？」

という問いに、フェリドは腰の剣を抜きながらエレベーターを出ていこうとして、

「いや誤解なんだよー。僕もいま到着して驚いたところで……」

「近づくな！　なぜ剣を抜く」

「違うんだって」

「それに、私は第六位よ。あなたがどうこうできる相手じゃ――」

「あはははははははははははははははははははは」

フェリドが、エレベーターを飛び出した。

「なんなの。総員、戦闘態勢！　第七位始祖フェリド・バートリーが反逆……くそ、腕が
……貴様、死ねぇぇえええええぇ！」

それから、剣が切り結ばれるような音が何度も聞こえた。

数分の間、それでもグレンの体は回復しなかった。

内臓が破壊されてる。

血も足りない。

いや、腹も減っていた。体の中に残っているエネルギー自体が、足りていなかった。

それでも、ここで、責任を放棄して死ぬわけにはいかない。

だから、ぐったりと床に倒れたまま、横で眠っている深夜のほうを見る。

エレベーターのなかで二人、動けなくて倒れている自分たちの姿に、

「は、ははは、なんだよこれ。どう思うよ、深夜」

と、声をかけてみるが、深夜は相変わらず気持ちよさそうな顔で寝ていて。

「いい気なもんだな」

「…………」

「なんか、エレベーターの外はやばそうだ。たぶん破滅してる。きっとみんな死んだんだ」

「…………」

「俺のせいだ」

「…………」

「俺が悪い。俺が……」

「…………」

「でも、おまえや、みんなと、もう少し過ごしたかったんだ。いいだろ？」

「…………」

「だめかな」

「…………」

「だめか。でも、もうやっちゃったんだ。許してくれよ」

きっと、だめだ。もし外の世界が破滅しているのなら、フェリドの言う通りだ。

大量虐殺者。それも、過去に存在したことのない、最低最悪の虐殺者になってしまった。

その罪は、どう償えばいいのだろう。

内臓が、動けるレベルまで修復される。

「……ああ、それでも、まだ血が足りないな」

と、立ち上がる。

外では剣戟《けんげき》の音がしなくなっている。気配でわかる。戦闘が終わったのだ。

グレンはエレベーターの開延長のボタンを押してから、深夜に言う。

「ちょっと、外を見てくる。待っててくれ」

外に、出る。

このエレベーターは、きたときとは違う、地上への緊急脱出用だった。

だから、地上へと直接出られるものだった。どこの通りかはわからないが、そこは地下鉄の入り口近くの歩道だった。

　フェリドたちはいなかった。

　相手の吸血鬼もいなかった。

　ただ、ただ、そこには静かな世界が広がっていた。

　そして見渡す限りの静かな世界を埋め尽くすのは、死体の山だった。

　地下鉄の入り口周辺と、それを囲むように、無数の人間が死んでいた。

　死体をよけたら進む道がないくらいだった。

　すべての死体が、胸や、首を押さえ、苦しんで死んだような顔で、絶命していた。

　その数はもう、数え切れない。

「……はぁ。はぁ」

　車が何台もぶつかり、横転している。街中から火の手があがり、爆発音が何度も、何度もどこからか響き渡っているが、人の声が聞こえない。悲鳴も聞こえない。

　死だ。

　死の街だ。

　みんな死んでいるのだ。

「……はぁ、はぁ、はぁ」

　その、滅亡を見て。

その、絶望を見て。

息が速くなる。

鼓動が速くなる。

破滅だ。

本当に、破滅した。

みんな死んだ。

殺したのは自分。

その死体の山を見つめる。

おそらくは、世界中の人間が死んでいる。

いや、真昼の言葉では、

「……子供は……子供は生きてるはずじゃなかったのか？」

と、周囲を見回すが、誰も生きてなかった。だが、そこで、子供の死体がないことに気づいた。ここは新宿のビジネス街で、そもそも子供がいなかったのかもしれないが。

「……はぁ、はぁ、はぁ、はぁ」

あまりの絶望に、吐きそうになる。胸を押さえる。こんな世界で生き残って、いったい、どうしたらいいのか。

「なんのために生き残った。俺は、なんのために……」

と、言いかけて、やめる。振り返る。深夜がエレベーターの床で寝ている。
家族が生きて寝ている。
それをグレンは見つめて、
「…………」
目が、うるむのを感じた。涙がこぼれるのがわかった。
泣いたところでなにも救われないのに。
泣いたところで誰も救えないのに。
この涙を、神様は見てくれるだろうか？
こんなことをしていまさら泣いてしまう、偽善の涙を。
涙に曇った瞳で、空を見上げる。
空は晴れていた。
雲一つない空。
うんざりするほど美しい夜空。
「……ああ、くそ。俺はどうしたらいい」
答えはない。
血に汚れた腕で、涙を拭う。
泣く資格はない。

全部、自分が決めたことだ。

蘇生させた。

禁忌に触れた。

そして世界が終わった。

それは自分が決めたこと。こうなるという情報はすでに手にしていたのに、自分で決めて進んできたこと。

誰のせいでもない。すべて自分の責任だ。

「…………」

そしてそれを口にすれば、深夜たちが聞けば、消滅してしまう可能性がある。

だからもう、それについて口にすることは許されない。

愚痴ることは許されない。

誰かに相談することも許されない。

悩む顔をすることも許されない。

深夜や、五士や、美十や、時雨や、小百合とともに、この新しい世界を見て、驚いた顔をしなければならない。

どうしてこうなったのかと、絶望したり、誰かを恨んだりしなければならない。

そうしなければきっと、深夜たちは気づく。誰がこんなことをしたのか。そして誰が蘇生させたのか、気づいてしまう。
だから、もう二度とこの罪について悩み、泣くことはできない。
これが最後だ。
「う、う、うあ」
ここが、泣くことができる、最後の瞬間。
それに、
「うわぁああああああああああああ」
彼は叫び声をあげた。地面を殴り、絶望し、泣き叫んだ。
その声が美しい夜空に響く。
そして誰もそれに気づかない。
みんな死んだから。
みんな彼が殺してしまったから。

「…………」

喉が千切れるまで泣き叫んだあと、彼は立ち上がった。

もう、涙は出ていなかった。だが、涙のあとを見られないように、彼は何度も、何度も、何度も、頬を拭った。

それから深く息を吸う。吐く。

それで、落ち着くことができた。

罪を背負う準備はできた。

彼は顔をあげ、エレベーターに戻って、深夜の体を抱え上げてから、こう言った。

「生きるぞ、深夜」

第二章　生存者

Seraph of the end

少し時間は巻き戻る。

破滅の数分前。

クリスマスの夜。

二十時二十四分。

そこは愛知《あいち》県にある宗教組織、『帝ノ月《みかどつき》』の信徒が多く住む街の一つ。

その街の外れに大きな森林公園があり、その公園の奥には立ち入り禁止の小山があった。

木々の間。

道なき道を数時間ほどいくと山の中にぽつりと鳥居があり、なにかの神を祀《まつ》っているかのように見えるが、しかし、実際はそこにはなにも祀られていない。

いや、そもそもこの公園自体、宗教組織『帝ノ月』の信者のなかでも比較的大きく、熱心な信徒である『鳴海家《なるみけ》』の敷地であり、そして、『帝ノ月』は神は存在しないとしているので、当然この鳥居に神がいないのはあたりまえなのだが。

しかしでは、なぜ鳥居があるのか——？

「…………」

ふとそんなことを、鳴海真琴《まこと》は考える。

罰当《ばちあ》たりに鳥居にライトをくりつけこの森の中で訓練をしていたが——神がいないのになぜここに鳥居があるのか？

そんな疑問を、彼はいままで持ったことがなかった。

この山には子供のころからよくきているが、この鳥居がある理由を知らない。

鳴海は目を細める。

少し茶味がかった髪に、たれ目。その下に、涙ぼくろがある。歳はまだ十一歳だが、将来は『帝ノ月』の幹部になるのだと幼少のころから言い聞かせられ、鍛えられ、体は引き締まっている。

腰には木刀。

今日もずっと、呪術と剣術の訓練をおこなっていたのだが、途中でサボってこの山に逃げてきていた。

山の上の、さらにその中でも一番大きな、街中を見下ろせてしまいそうなほどの杉の木の上から、鳴海は赤い鳥居を見下ろして、

「……なあ秀作《しゅうさく》。なんでこの鳥居って、うちの敷地にあるんだろ？」

するとそれに、横の、少し下がった位置にある木の枝にいた落ち着いた雰囲気の黒髪の少年が答える。

「そんなことより、もう帰らないと。真琴。怒られるよ」

「怒らんねぇよ」

「僕が怒られる」

「おまえが怒られるのはいいだろ」

「ちょっと、ひどいよ真琴」

と、やはり落ち着いた声音《こわね》で少年は言う。

彼は岩咲《いわさき》秀作だ。

やはり同じ十一歳。

親は秀作のことを鳴海の将来を助ける従者候補だと言っていたが、鳴海自身はそう思っていなかった。

物心ついたころから同じ場所で育ち、学び、遊んだ仲だ。当然、兄弟のように育った。もしくは幼なじみ。

六歳になったある日、秀作は敬語で話すようになって、それが嫌で喧嘩《けんか》した。鳴海のことをいままではまーちゃんと呼んでいたのに、『真琴様』と呼ぶようになり、そういう運命だからそうしていかなければならないと言い出して——鳴海は秀作の顔面を殴った。

――ふざけるな。そういう関係じゃない。おまえと俺は、兄弟だろ。

鳴海はそう言ったが、秀作はそういう未来ではないと言い張った。

お互いにとって、これが一番いいのだと。

鳴海はそれが気にくわなくて、秀作が鳴海に様をつける間、一度も口をきかないと決めた。

一度決めたら譲らない。多くの信徒を率いるものはブレてはならない――それが鳴海家の教えだった。だから我慢して、必死に口をきいてやらない日々を続けた。

その間ずっと、秀作はやはりいまと同じような落ち着いた顔で、困ったように後ろをついてまわってきた。

秀作は何度も、何度も、しつこく、辛抱強く話しかけてきた。二人はずっと一緒にいるのがあたりまえだったから、秀作も辛かったはずだ。

真琴様。口をきいてください。

真琴様。このような状態では私がしかられます。

真琴様。真琴様。真琴様。

様をつけ始めてから三ヵ月、口をきかない日々が続いて、ある日、秀作が折れた。

それもこの、山にある杉の木の上だった。

秀作が言った。

──わかった。様を取ろう。敬語もやめる。でも親の前では無理だぞ。あと、まーちゃんも無理だから、真琴って呼ぶ。それでいいか？

秀作がそう言った。それに鳴海は三ヵ月我慢していた笑顔を作って言った。

──まーちゃんがいい。

──ちょっとは譲ってよ。

──つか、三ヵ月折れないなんて強情すぎるぞ秀作。

──それはこっちのセリフなんだけど。言っとくけど僕、毎晩泣いたんだよ。

──泣くなよ〜。

なんて会話を、ここでした。

それ以来、秀作は彼のことを真琴と呼ぶようになった。

その呼び方も、悪くないと思った。これから大人になっていくのなら、まーちゃんよりも真琴がいいかもしれない。

二人は十一歳で、だけど早く大人になって、一瀬家《いちのせけ》が率いる『帝ノ月』を助け率いて、この世界を変えるのだ。

強大な柊家《ひいらぎけ》が統治する世界から脱却し、『帝ノ月』が一番になる。

そのために東京《とうきょう》ではグレン様が独り、必死に奮闘している。

それを助けられるような年齢になるまで、勉強し、訓練し、一刻も早く大人にならなければならない。

そのためにこの数日、鳴海は秀作とともに山ごもりをしていた。いまだ扱えない呪術を覚え、寝ないで剣術の修練を続けていた。

理由は、グレン様についてこいと言われたからだ。

一瀬栄《さかえ》様の葬儀で、グレン様は世界を変えるための戦いをいまだ続けていると、わかったから。

だからこそ、自分もその大志にお仕えしなければならないと、そう思った。それ以来、いままで以上の修練を計画し、実行してきた。

当然秀作もそれに付き合わせた。

二人は兄弟で、一緒に一瀬家に仕えるのだ。なら、同じように強くなる必要があった。

だからこの山ごもりにも秀作を連れてきた。そしてこの数日、へたをすれば死んでしまうような修練を積んできて、あげく――

「鳥居って神様を祀ってるんだよな?」

なんて質問をすると、秀作が呆《あき》れ顔《がお》で答える。

「あのさ、真琴」

「なに?」

「君が僕のところにきたとき、僕なにしてたか覚えてる?」

「何日前だっけ？」

「五日前」

「なにしてた？」

「夕飯食べてた」

「ああコロッケな」

「僕コロッケが好物なのに、二口食べたところで山にいくぞって言ったよね」

「うん」

「もう五日帰ってないんだけど」

「俺ら強くなれたかな？」

「帰らないと、僕にも予定があるし、君にも予定が――」

が、遮って、鳴海は言う。

「うちの修練計画じゃ、グレン様の役に立てないよ。もっと厳しいものにしなきゃ」

「それ訓練官に……」

「もう言った。カリキュラム変えるって。でも変えてる間も訓練しないと」

「わかるけど。僕はコロッケ食べてたんだ」

「ああ、おまえ怒ってるのそれな。帰りにコンビニでコロッケ買ってやるから」

「母様のコロッケが好きなんだよ。知ってるだろ」

「マザコンめ」

「まだ十歳だよ。いいだろ？　母様たまにしか会えないし」

と、秀作は言う。

たしかに秀作の母は岩咲紫煙《しえん》という名の有名な呪術師で、日本中を飛び回るような、呪術界では有名人だった。

だから家にはほとんどいない。鳴海の知る限り子育てもほとんどしてなかったはずだ。作れる料理もコロッケだけ。だから秀作は母が作るコロッケが好きだった。味は普通だ。鳴海も食べたことがある。鳴海家のお手伝いが作るコロッケのほうがずっとうまい。

つまり秀作はマザコンということだ。

鳴海は言う。

「もしかして、紫煙は今日また県外へいくのか？」

秀作は肩をすくめる。

「五日滞在するってことだったから」

「ママに会いたいって？」

「うん。会いたい」

やっぱりマザコンだ。鳴海はうなずいて、

「まーそうか。じゃあ帰るか」

「いいの？」

「俺も紫煙には会いたい。うちの訓練官よりすげー呪術使うからな。あ、思いついた！紫煙にもっと一気に強くなれるカリキュラム組んでもらおうぜ」

というと、秀作が答える。

「母様は、結局基礎が大事だって言ってたよ」

「とかいっておまえが俺より呪術うまいのは紫煙に習ってるからだろ。ズルしてんだろ？」

もしくは、遺伝か。

秀作は昔から呪術の才があった。同じ量の訓練ではたぶん、呪術力は秀作が上だ。それはわかっているから、鳴海は倍の努力をしてきたつもりだったが、さて、自分は強くなれているだろうか。

「真琴のほうが、呪術上手じゃない」

「倍の努力してっからな」

「偉い偉い」

「あ、おまえ、馬鹿にしてるだろ」

「もう帰ろうよ～」

それに鳴海は笑い、手を伸ばして、指を二本立ててみる。呪術を使うために、体の中の

気の巡りに意識を集中しながら、

「…………」

もう一度、木の下にある鳥居を見て、

「で、帰ることになったとこで最初の質問に戻るけど」

すると秀作も鳥居を見下ろす。

「どうでもいい神様の話？」

「ああ」

「神様なんていないよ」

「まあ、俺らはそう習ったしな」

信奉する頂点は、一瀬家――

それが『帝ノ月』の教えだった。

「じゃあの鳥居はなんだ」

「んー。そんなこと、考えたこともなかったけど、確かに、変だね。神社って神を祀ってるもんね。それも、違う権力の――なんで僕らのところにあるんだろう。なにか関わりがあるのかな」

「紫煙に聞いてみる？」

「呪術の歴史の勉強をすれば――」

「あ、俺、そのカリキュラムパスしてんだよ。強くなれないから」

「やっぱり真琴のところにはあるんだね。リーダーには必要なんじゃないの？　従者になる僕のところは呪術社会の学びより、強さ優先の教育になってるし」

「リーダーはグレン様だ。俺はその助けになれれば」

「知識や頭の良さも、グレン様は必要だって言うと思うよ」

「……むー。そうか。確かにな。でも俺が勉強してるうちにおまえのほうが強くなるかもしれないだろ」

と、鳴海が言うと、秀作は微笑む。

「僕はそのためにいるんだ。君が総合的な指導者で、僕は盾だ」

「でも盾も頭いいほうがよくないか？」

「……まあ」

「つまり盾も勉強しろよ」

「真琴が一人で勉強したくないだけでしょ」

「はは」

と、鳴海は笑う。

「とにかく、もう帰ろ。真琴」

「うん」

と、二人は、帰ろうとした。

そのとき――

それは起きた。

異常は空から訪れた。

ゴゴゴゴと空から音が近づいてくるのに、急に気づく。

「んぁ？　なんだ？」

と、鳴海が顔をあげたときには、その音の正体が近づいていた。

巨大な旅客機だ。

旅客機が雲を突き抜け、闇を切りさき、機首を地面へと大きく傾けたあきらかにおかしい角度で落ちてきて、彼は目を大きく見開いた。

「お、おいおい、あれ、いいのか？」

と言ったときには、もう、周囲に轟音《ごうおん》が響き渡っていた。

ここら辺には空港はない。だから旅客機がこんな近くにくるはずがなかった。

つまり、こんなところに旅客機が近づいてきているということは、それは墜落しているということになる。旅客機は、街のほうへと落ちていこうとしていて、

「おい秀作！　飛行機が落ちるぞ！」

と、叫んで、秀作のほうを見ると、秀作の後ろの方角でも三機、旅客機が落ちていくのが見えた。

斜めに、まるで絵本の中の流れ星が落ちていくかのように放物線を描いて、ゆっくり、しかし実際には凄い速度で地面へと落ちていき——

ドォン。ドォン。ドォン。ドォン。ドォン。ドォン。ドォン。ドォン。

何度も、何度も、三百六十度いろいろな方角から爆発音が響いた。

遠くに燃える火が見えた。

街が燃え始めるのが見えた。

落ちているのが見えたのは全部で四機なのに、音はそれ以上にたくさん響き渡っていた。

それはすべて飛行機が落ちた音なのか、別の爆発も混ざっているのか、それはわからないが。

「なんだ、これ。どうなってる！」

と、鳴海が叫ぶが、当然秀作にもわからない。

「真琴。下りよう。戻らないと」

と、秀作が同じ枝へうつってきて、腕をつかむ。

真琴はそれを無視して、街のほうへと目を向ける。

火の手があがり、さらに爆発が起きる。それが燃え広がっていくのがわかる。

赤だ。真っ赤。

夜を終わらせようとするかのように赤い光が、街中から上がり、空を照らす。

「……テロか？　もしくは戦争？」

と、鳴海が言うが、ぐいぐい秀作が手を引く。

「とにかく下りよう。鳥居の明かりを消さないと。なにかが起きてるなら、目立つのはまずい」

秀作の言う通りだ。

鳴海はうなずいて、枝から飛び降りる。鳥居に着地し、ライトに手をかける。

「消すぞ秀作」

「うん」

それに秀作が目を閉じる。鳴海も目を閉じる。闇に目を慣らすためだ。ここは夜の、山の中だ。急に光を失えば、周囲が見えなくなってしまう。

幸い今日は晴れて、雲がなく、月が綺麗《きれい》なので光を失っても——

と、考えている途中でまた、音がした。

ゴゴゴゴという、飛行機が落ちてくる音。今度はかなり近くまできそうだ。

それを鳴海は見上げ、

「くそっ」

と、言った。

「真琴、早く」

と、秀作が言った。

目を閉じる。

ライトを消す。

目を開く。

しかし飛行機が放つ光のせいで、周囲は明るいままだ。

「なんなんだよ」

ライトをとり外し、鳴海は鳥居を下りる。訓練用の荷物が入ったリュックを背負い、そこに入っていた携帯電話を取り出す。だが携帯は不通だった。

「秀作のは？」

秀作は首を振る。

携帯はつながらない。

秀作もリュックを背負う。

「いけるか、秀作」

「いけるよ、真琴」

うなずいて、二人は走り出す。

夜の山を、十一歳の子供とは思えない足の速さで下っていく。それでも山を下りるには、限界で走って三十分かかる。それを二人は知っている。

途中、秀作が言う。

「なにがあるか……」

「わかってる」

と、鳴海は答える。

なにがあるかわからないから、体力を温存しながら走ろう、ということだ。

少しペースを緩める。このペースだと、四十五分かかるだろう。

早く下りて、なにが起きているのか確認したいが、しかし、なにか異常なことが起きているのは間違いなかった。

なら、冷静な判断を求められる。

『帝ノ月』の呪術師として、常に冷静な動きが。

それはグレン様のように、だ。

父親の首を目の前で落とされてさえ、グレン様は冷静さを失わなかった。

世界中にそれを中継され、馬鹿にされてさえ、だ。

あのときの、グレン様の姿を頭に思い浮かべる。

自分にあれができるだろうか？

その問いかけの、答えはノーだった。

自分は父親が好きで、尊敬していた。父は一瀬に信頼され、役に立つ信徒だった。自分もああなりたいと。そして栄様が父を大切にしたように、自分もグレン様に重用されるような人間になりたいと思っていた。

だからきっと、父をあんなふうにされたら自分は正気ではいられないだろう。

しかしグレン様は違った。

自分もああなりたいと、いまは思う。あんなことをされて怒れないグレン様に最初怒りを感じたが、いまは、

「……冷静に。冷静に。グレン様のように、俺も……」

そうつぶやきながら、彼らは山を下りた。


ちょうど四十五分後。

二人が山を下りたころには、もう、旅客機の墜落ラッシュは終わっていた。爆発音は響いていない。

そこは公園だ。

静かな、夜の公園。

公園には時計があり、明かりがついている。

時刻は九時二十六分。

その下に公衆トイレ。

だが人気はない。

そもそもこの公園には、あまり人がいないのだ。門も夜八時には閉まってしまう。

その、門のほうではなく、自分たちの家がある方角へと彼らは走る。彼らはいつも、フェンスを越えて出入りするのだ。

野球ができる広場の横を抜けると、幼児向けのすべり台や砂場がある。

そこも走って抜ける。フェンスに飛びついて、それを乗り越える。

乗り越えた先には車道がある。

ここも車通りはほとんどないのだが――

「…………」

フェンスの上で、鳴海は止まる。

フェンスから見える車道で、車が一台、横転しているのだ。

「……どういうことだ」

「事故かな？」

秀作が言うのに、鳴海は首を振る。

「横転するほどスピード出せる道か？」

フェンスを下りる。車道にでる。横転している車の窓ガラスの中を覗《のぞ》く。運転手が死んでいる。頭がハンドルにめりこんで半分なくなってしまっている。血まみれで、男なのか女なのかもわからない。たぶん老人だ。

「…………」

顔をあげ、車道のさきを見ると、曲がり角で車がもう一台、壁にぶつかって止まっていた。

車が横転している。

車がぶつかっている。

旅客機が落ちている。

「…………」

それを見つめ、鳴海は胸に手を当てる。

冷静に。冷静に。

ぶつかっている車の中を見に行くか、それとも無視して家に戻るか。

するとそこで、

「家に戻ろう」

と、秀作が言った。

そうだ。とにかく戻る必要がある。状況はわからないが、あのぶつかっている車を見に行ったところでなにもかもが解決というわけにはいかないだろう。

とにかく、家だ。家に帰る。

そうすれば父がいる。父の優秀な部下たちがいる。有名な呪術師である、秀作の母の紫煙だっているはずだ。彼らならいまの状況がどういうものなのか、知っているだろう。

だから、

「いこう」

と、鳴海は言った。

二人は再び走り出そうとして、しかし、止まってしまった。

少し先。

車通りが多い場所にいくと、走っていた車すべてがぶつかったり、横転していたり、爆発して燃えていたりするのを見つけてしまった。

なのにとても静かだった。

パトカーや救急車のサイレンは鳴り響いていなかった。

大きな事故なのに、誰も騒いでいなかった。

車の中にいる全員が死んでいて。

歩道を歩いている人間もみんな死んでいて。

「……なんなんだ。なにが起こった」

人々は、胸や、首を押さえて死んでいるように見えた。

苦しんで死んだように。

歩道にいる人間たちは、鼻や口から、血を出しているように見えた。

秀作が言った。

「……触っちゃだめだよ、真琴」

もちろん触らない。なにが起きてるかはわからないが、

「テロか？　細菌兵器かなにかか？」

秀作は首を振る。

「わからない」

「でもなんで俺らは死なない？」

「山の上にいたからかな？」

「いまは？　この様子だと、空気感染だ。それも一気に死んだ」

そう見えた。歩道にいる人間も、車に乗っている人間も、一斉に死んだように見える。

「……もう感染しないのか？　するなら俺らも……体の調子はどうだ？　秀作」

「真琴は？」

「ぴんぴんしてる」

「じゃあもう、大丈夫なのかな」

「どうかな。感染《うつ》ってるなら、もうだめだろ。でも念のために死体に触れないようにしよう。感染る可能性はある」

そう言って、二人は死体をさけて歩く。

途中、民家の窓を木刀で割って中を見てみるが、居間のこたつでテレビを見たままの姿で老夫婦が死んでいた。

テレビでは砂嵐がザーザーと音を立てて流れていた。

そのテレビを見て、鳴海は秀作と顔を見合わせる。

いまの時刻は、居間の中にある時計を見ると、夜の九時四十五分だった。

ゴールデンタイムといわれる時間だ。だが、その時間に、テレビが放送していない。

それはなにを意味しているのか。

「………………」

人が死んだのは、この街だけに限定されていないのか？

愛知県のすべての人間が死んだ?

もしくは、日本のすべての人間が死んだ?

それどころか、世界中の全員が死んだ?

山を下りてから、まだ、生きた人間に会っていなかった。

それはいったい、なにを意味しているのか。

全身が、恐怖に震えそうになる。

いま、生きているのは、この世界で自分と秀作の二人だけなんじゃないか。

そんなことが想像されてしまって——

秀作も、同じことを思ったはずだった。だが、それを口にしない。だから鳴海も言わなかった。

ただ、ただ、家に帰りたい。父さんに会いたい。そう思った。逃げるように家へ走りたいと。

だが、胸の中で彼はもう一度呟《つぶや》く。

冷静に。冷静にだ。グレン様のように。

そして言った。

「状況を確認したほうがよさそうだ」

秀作はそれに聞く。

「でもどうやって確認する?」

鳴海は言った。

「コンビニにいこう」

すると秀作が何度もうなずく。

「ああ、飛行機が落ちた時間の監視カメラを見るのか。真琴天才!」

「だろぉ?」

と、言ってみるが、笑うことはできなかった。

日本最大の店舗数を誇るコンビニに入る。コンビニの中には人間が七人いた。雑誌売り場に二人。カップ麺の前に一人。弁当コーナーに二人。店員が二人。

全員死んでいた。口と鼻から血を出している。

死体だらけのコンビニに入る。

カウンターを乗り越え奥のスタッフルームへいく。店長らしき死体を発見する。店長が持っている鍵で開く引き出しを探す。業務フローが書かれた書類のなかに、監視カメラを見る方法とパスワードが書かれたものを見つける。

その途中で店長に触れてしまう。血に触れてしまう。だが、なにも起きなかった。どうやら接触感染はしないようだった。まだ、わからないが。

触ってしまったついでに、店員の死体と店長の死体をカウンターの中から外へと追い出す。

　秀作が、手順書に従ってパソコンをいじり始める。

　鳴海はその間、売り場のほうへと戻り、監視カメラの位置を確認する。水道が出るかを確認する。弁当を二つとり、電子レンジに入れる。おにぎりを開けて口にしながら、冷蔵庫を開いて、コーラとウーロン茶を二本ずつ取り出してスタッフルームに戻る。

「コーラとお茶、どっち飲む？」

　すると秀作がキーボードをたたきながら答える。

「スプライト」

「コーラつってんだろ」

　と、そこで初めて鳴海は笑う。冷蔵庫へ戻ってスプライトを取ってきてやる。

「ほい」

「ありがと」

「動画は？」

「もうすぐ」

　チーンと、電子レンジが鳴る。

「弁当食う？」

「うん。コロッケ入ってるやつがいいな」

「のり弁な。じゃあ俺鮭《しやけ》弁たべよ」

と、電子レンジを開けて弁当を取り出す。それから周囲を見回す。

「箸。箸。箸は〜」

箸を見つけて、二膳取る。

スタッフルームへと戻ると、秀作が監視カメラの時刻を指定してるところだった。

秀作が言う。

「何時から見る？」

鳴海は答える。

「飛行機落ちてきたの、たぶん、八時半くらいだよな」

「うん」

「五分前から見よう。なにが起きたのか、きちんと知らないと」

「わかった」

秀作が、十二月二十五日二十時二十五分と入力する。監視カメラの映像が始まる。

店員がぺちゃくちゃ喋《しやべ》っている。音声もどうやら入っているようだった。

店長が誰かに電話している。「早く寝なさいねー。パパも大好きだからねー」などといっている。どうやら子供がいるようだ。

他のカメラでは三十代くらいの男の客がエロ本コーナーをじろじろ眺めながら、トイレを待っているようだった。つまり確認していなかったが、トイレにももう一つ、死体があるのだろう。

弁当のラップを外し、フタを開ける。秀作も同じようにする。二人でもそもそコンビニの弁当を食べる。

動画の時間が進む。

鳴海は聞く。

「弁当どう？」

「母様のコロッケが食べたいよ」

「あの不味《まず》いコロッケ？」

「ぶっ飛ばすよ」

「いや、いまは俺も、紫煙のコロッケが食べたい」

「ああ〜、だよね」

心細い気持ちは一緒だ。

二人はまた、弁当を食べながら動画を見る。

二十時三十分になる。

しかしなにも起きない。

二十時三十五分になる。

しかしなにも起きない。

二十時三十九分。

動きがあった。

トイレが開いたのだ。七、八歳くらいの少女が出てきた。エロ本をじろじろ見ていた男が言う。

「おっそい」

すると娘が言う。

「最低」

「手ぇ洗ったか?」

「洗ったに決まってるじゃん」

「しゃべり方！　母さんに怒られるぞ」

「パパが最低なこと言ったんじゃん。みんなに聞こえてるんだよ！」

確かにみんなに聞こえている。

と、そこで、時刻が二十時四十分になった。

瞬間、その父親の体ががくがく震え始めた。他のカメラの画像でも、店長や、他の客が、鼻から血を流し、苦しみ始めて。

娘が言う。

「え、パパ!?　パパ！　冗談やめて！」

その父親が、周りの異変に気づく。自分の後ろにいた男が血を吐いて倒れ、それを振り返って見ながら胸を押さえて、

「なにが……苦し……ミサ！」

と叫ぶ。娘のほうを見る。娘は苦しんでいない。それを見た瞬間、血を吐きながら安堵《あんど》の色が父親の顔に浮かぶのがわかった。

そして男は叫ぶ。

「ぱ、パパから離れろ！　病気が感染る！」

「パパ」

「トイレに！　トイレに隠れて！　助けを……」

そこで大量の血を吐く。

「パパぁあああ」

と叫ぶが、父親は近づくなとばかりに、雑誌のコーナーのエロ本をつかんで、思いっきり娘に投げつける。

娘の体がびくっと震えて、止まる。

「う、ううう、うううううう」

とうめいて、父親に近づくことなく、言われた通り、トイレのほうへと逃げて、扉が閉

まる。ガシャンと、鍵がかかる。

それに、鳴海は秀作と顔を見合わせる。

そして秀作が言う。

「子供は感染らないんだ！」

鳴海が言う。

「映像止めろ！　生存者がいるぞ！」

スタッフルームを出る。カウンターを飛び越える。トイレのほうへと向かう。エロ本コーナーの前に父親が死んでいる。娘を守ったのだ。エロ本を投げつけて、娘を守った。

冷蔵庫の前に、エロ本が落ちている。

鳴海はトイレの前にいく。

扉を開く。

「…………」

だが、中には誰もいない。

娘はいなかった。

「ちっ。出たのか」

そりゃそうだ。あれからもう、一時間以上たっている。

スタッフルームへ戻る。

秀作が言う。

「あの子は?」

「いない」

「出たのか」

「続きの映像を見よう。ってか秀作」

「うん」

「子供は感染らない。でもここまでに子供を見たか?」

「いや。生きた子供も、死んだ子供も見なかった」

「じゃあいったい、子供たちはどこにいった?」

「……とにかく見よう」

と、秀作は映像を動かす。

だがなにも映っていなかった。

十分。

なにも起こらない。ただ、娘のひっくひっくと泣く声が聞こえるだけ。

二十分。なにも起こらない。ただ、娘が母親や父親を呼ぶ声が聞こえるだけ。

四十分。なにも起こらない。ただ、娘が誰か助けにきてと叫ぶ声だけ。

だが四十三分。外で音がした。

ヒュイイイイイという、奇妙で、甲高い声。

それに、娘が「誰?」と、声を出した。「誰がきたの?」と、声を出した。「誰か、助けにきてくれたの?」と、扉を開いた。

娘がトイレから出てくる。

父親の死体を見つける。

また、顔がくしゃくしゃに歪《ゆが》み涙がこぼれる。

「パパ……」

と言いながら、しかし、言いつけを守って父親の死体に近づかない。賢い彼女は、死体のない陳列棚の間を選んで、コンビニから出て行く。

ヒュイイイイイイという音はさらに続いている。

ヒュヒュイイイイイ。

ヒュイイイイイイイ。

まるでなにかの鳴き声のような音。

とそこで、

「いやぁああああ!」

と、さっきの娘の叫び声がする。

「いやぁあああああいやぁあああ!」

と、叫びながらコンビニに戻ってくる。それからすぐあと。奇妙な生き物が娘をおいかけてくる。白い体に、カマキリのような鎌を持ち、虫のような足をした、人間の三倍くらいあるバケモノが娘を追いかけ、殺そうとするのだ。

娘は死体に躓《つまず》いて転び、悲鳴をあげる。

だが白いバケモノは、また、ヒュィイイイイと咆吼《ほうこう》をあげて、右手の鎌を振り上げる。娘に向かって振り下ろそうとする。

だがまた、別の登場人物が現れる。

その、白いバケモノの頭を、何者かが後ろから剣で切り落としたのだ。

美しい男だった。背の高い、茶色い髪の男。おそらく日本人ではないだろう。

白いバケモノはそれで死ぬ。いったいこのバケモノがなんなのかはわからないが、それよりも、

「……大人だ。大人がいるぞ」

と、秀作が言った。

「全員に感染したわけじゃないのか？」

映像の中の男が言った。

「邪魔だ。入れないよ」

と、白いバケモノをつかんであっさり外に放り出してしまう。

娘はその男を、まるで救世主を見るかのように見上げ、

「あ、あ、助けにきてくれたの？」

と、言う。

すると男は娘を見下ろす。その目が赤い。真っ赤だ。それも、充血しているのとは違う、美しい赤。

その赤い瞳で娘を見下ろして、言う。

「あ？　なんで俺が家畜を助ける？」

「え？」

とそこで、男の背後で声が響く。なにかの機械で、拡声されたような声。

『警告します！　愚かな人間どもの手により致死性のウイルスが蔓延《まんえん》しました！　残念ながら人類は滅びます！　しかし十三歳以下の人間には感染しないことが分かっています。よって我々第十五位始祖ルカル・ウェスカー直下部隊は、この地区の子供達の保護を始めます』

そんな声が響いて。

娘が震える声で言う。

「……滅びるって……」

恐怖に顔が歪む。それから、すがるように男を見上げ……

「でも、あなたが保護してくれるの……？」

するとと男が答えた。

「餌を保全するんだ。馬鹿な人間どものせいでこれから血があんまり吸えなくなるから、いま吸っておかないとな」

と、男が娘をつかむ。

「え、え、え……」

そう娘が言ってる途中で、男が大きく口を開く。口に牙が生える。首にくらいつく。ギュルルと血が吸われ、娘の生気がどんどんなくなっていく。

「くはぁ」

と、男は口を開く。

こいつは、吸血鬼だ。

本物の吸血鬼。

呪術の教師から、吸血鬼という存在がいて、そいつらは異常に強いので、「見かけても近づいてはならない」、「なにがあっても近づいてはならない」、というのは習ったことがあったが、そんなのはお伽噺《とぎばなし》だと思っていた。

だがその、吸血鬼が娘を襲っていた。

娘はまだ生きてるようだが、もう動けない。

「死んだか？」

「…………」

「まあどっちでもいいが。おい」

と、後ろにいる誰かに男が声をかける。

「はい」

と、やはり同じような服装の男が入ってくる。白い制服だ。吸血鬼の服。

「まだ生きてる。家畜所へ連れていけ」

「血を吸ったんですか？」

「おまえも吸っていいぞ。ルカル様には秘密にな」

「これ以上吸ったら死んじゃいますよ。僕はさっきトラックにいた子供を数人吸ったので」

「捕獲人数が少ないとルカル様が怒るぞ」

「うちの部隊は殺してないのでノルマは達成してます。この子も生かして連れていきましょう」

と、二人が娘を拾って出ていく。

それで、終わり。

さらに時間と監視カメラの映像が進み、鳴海と秀作がコンビニに入ってきたのを見たところで――

二人は映像を止めた。

「…………」

「…………」

二人とも、しばらくは無言だった。

子供がいない理由が、わかったから。

吸血鬼たちが、子供を家畜として捕獲してまわっているのだ。理由は、人間が大量に死んでしまったから。十四歳以上の大人たちはみな死んでしまったから。

自分たちが生き残ったのは、十一歳だったからだ。

大人たちは、みんな死んだ。

そして吸血鬼が子供を捕獲している。

他にもよくわからない白い虫のようなバケモノが残った子供たちを襲っている。

あれがなんなのか。いま、どうしてこうなったのかもわからないが。

「……滅亡したって、言ってたよな」

鳴海が言うと、秀作はうなずいた。

「言ってた」

「どう思う？」

「わからない。でも凄いまずい状態だと思う」

「家の大人たちも、みんな死んだのかな？」

「…………」

秀作はこちらを見た。まだ、あきらめていない顔だった。

自分もそうだ。『帝ノ月』の呪術師たちは、頭がいいのだ。いつも強く、それでも鍛錬を怠らず、規律的に生きて来た。

今回のことも、起きることを想定していたかもしれない。

というか、

「…………」

鳴海は腕組みをして考える。目を開けたまま、監視カメラのなかで停止している、コンビニに入ってこようとする自分たちの姿を見つめながら考える。

映像の中の自分の顔は怯《おび》えていた。

冷静さを保っているとは、とても思えない顔だった。もっと、強くならないと、と思う。『帝ノ月』の信徒として。そして、グレン様に仕える呪術師としても、もっと強くならなければ。

「…………」

そして考える。

それは、山にいこうと決意するまえの会話だ。父親と話したのだ。グレン様に会って、いままでよりもさらに修練を積みたいと思うようになったということをたぶん、自分は熱弁した。

父はそれを嬉《うれ》しそうに見ていたように思う。もしくは、少し考えるような顔をしていた。で、言ったのだ。

なら、しばらくの間、山にこもってはどうか？　と。より高みを目指すのなら、自分と向き合う時間が必要なのではないか、と。その間に訓練のカリキュラムを変えるように言っておくから、秀作を連れて、山へいってはどうかと、言われた。

それはいい考えだと思った。

だからすぐに実行した。

五日間。

その間になにが起こるのか、父が知っていたのか、知らなかったのか、それはわからないが、もし知っていて、だから山へと自分を逃がしたのなら――

と、そこまで考えたところで秀作が言った。

「母様が、コロッケ作ってくれたんだ。美味《お》しい？　って言って。いつもは料理苦手だからと帰ってきてもほとんど作ってくれないのに。それに、帰る予定じゃないのに急に帰ってきたんだ」

それはまるで、もう、会うのが最後だからコロッケを作ってくれた、というようにも聞こえた。

なら、父も、紫煙も、こうなることを知っていたのか？

それか、こうなることをすでに予想した動きをしていて、さらにその先へ向かう計画の途中で、子供を逃がしたのか。

とにかく、もしも父や、紫煙がこれを予想していたのなら。

鳴海は言った。

「家に帰ればなにかわかるな」

「うん。帰ろう」

「でも、一直線には帰れないぞ」

「わかってる」

なにせ外には吸血鬼がいるのだ。

謎のバケモノもいる。

バケモノの動きも速かった。見ただけでわかった。自分たちでどうにかできるような相手じゃなかった。

それを瞬殺してしまう吸血鬼なんかは、もう、どうにもならないだろう。

なら、見つからないよう警戒して、隠れながら移動することになる。

慎重に慎重に、物陰に隠れながら息を殺して、家まで。

「たぶん数日かかるぞ」

と、鳴海が言うと、リュックの中に入っていた着替えを秀作は取り出した。

「食べ物いれていこ。家に帰れば着替えはある」

「うん」

「もし大人たちがみんな死んで、でも子供たちがまだまだ隠れて残ってたりしたら、コンビニとかスーパーの食料とか取り合いになるよ。いま、必要なものは全部ここで集めとかないと」

というのに、鳴海もリュックの着替えを取り出して捨てる。

「俺の感覚だと、家まで六日かかるぞ」

走れば半日の距離だ。だが、慎重にいくならそれくらいかかる。

秀作はうなずいて、手近にあったノートに、ペンでなにかを書き始める。

「八日分の荷造りをここでしよう。食べ物に、電池や、水──」

「必要なもの表頼む」

と、鳴海は言って、スタッフルームを出る。カウンターの外に出る。意識を周囲にめぐらせて、敵がいないか気配を探る。

だがそれに意味があるかはわからない。敵がいたら、向こうの方が強いのだ。気づかれたら終わり。

だからこそ、慎重に動く。

コンビニから出る。

出た横、少し離れた場所に、バケモノの死体があった。

それを見て、

「……なんなんだよ」

鳴海は言った。

その死体に、近づいていいのかどうか、わからない。もしかしたらウィルスの感染源の可能性もある。

だがそれでも、彼は少し、近づいた。

そしてもう一度言った。

「なんなんだ」

「真琴」

背後で声がする。秀作もコンビニから出てきている。鳴海の腕をつかんで、それ以上バケモノに近づかせない。

秀作が言う。

「家に帰ろう。きっと、みんな待ってる」

待ってるだろうか。

いや、待ってて欲しいと、鳴海は願いながら荷造りを始めた。

◆

家までの道のりは、四日ですんだ。

最初のうちは慎重に進んで、その歩みは遅かったが、だんだんと、この世界に彼らは慣れ始めた。

吸血鬼から逃れるのは簡単だった。

吸血鬼たちは、『保護』をうたって子供たちを引き寄せるために拡声器で音声を流していた。少しでも遠くでその音がしたら、遠くへ離れるようにした。

もしくは、ビルの上へと逃げるようにした。

吸血鬼たちはそれほど熱心に子供の捕獲はしておらず、ただ、ただ、集まる子供たちをトラックへ乗せて家畜を扱うように連れ去っているようだった。

いや、むしろ捕獲してもらえなかった子供たちのほうが悲惨だった。

徘徊《はいかい》している白いバケモノのほうは、吸血鬼と違って執拗《しつよう》に人間の子供たちを追いかけて殺すのだ。

子供たちは泣き叫びながら逃げ惑い、しかしバケモノに殺される。

バケモノに近づくと死ぬとわかった子供たちは隠れたが、今度は水も食料も足りないのだ。出ればバケモノがいるので、調達もできない。

鳴海たちに出会っても、怯えた顔をしていた。幼い子たちはもう、かなり衰弱していた。その子たちに水や食料を分け与えてやりながら、しかし、見捨てて家へと向かった。

見捨てるのは辛かった。

放っておけばどの子も死ぬのがわかったから。

みな普通の子供だ。鍛えられていたりしないのだ。

母親の死体の横で、赤ん坊を抱えて泣いている六歳の少女もいた。必死に助けてくれと頼まれたが、助けることはできなかった。泣きわめく赤ん坊を連れて移動すれば、すぐにバケモノに見つかるだろう。そうしたら皆殺しになる。

だから、吸血鬼に捕獲されることを勧めた。そのさきでどうなるのかはわからないが——家畜としての生活は、想像をはるかに超える絶望があるかもしれないが、しかし——いま死ぬよりはいいだろう。

死んだらすべて終わりなのだから。

彼女も自分たちもまだ子供だ。いまを耐えきれれば、未来はまだある。

「…………」

少女と赤ん坊は、鳴海たちの前で吸血鬼に捕獲されていった。

移動中——鳴海たちとほぼ同じ年齢の少年少女三人組が、幼い子供たちを保護していた。

鍵山太郎。

井上利香。

円藤《えんどう》弥生。

という名の三人だった。

彼らは生き残った子供たちをとりまとめて隠れ、食料を与えていた。

もしもさきにこの三人に出会っていたら、赤ん坊連れの少女を吸血鬼に渡さなくてすんだかもしれない。

もしくは放っておけばこの三人も死に、少女も赤ん坊も死ぬから、吸血鬼に捕獲されたほうがいいということになるかもしれないが。

鳴海と秀作はこの三人に出会い——そしてしばらく一緒に移動したあと、

「大人たちが生き残っているかもしれない場所へいくから、そしたら助けに戻る」

と約束した。

それに井上利香が、

「絶対だよ！　絶対だからね！」

と、怒るように言った。

みんな泣きそうな顔だった。

当然だ。

訓練を受けてきた自分だって泣きそうなのだ。

鳴海は、約束する、と、答えてその場を去った。

その約束を守れるかどうか、自分でもまったくわからなかった。

だがそのころにはもう、移動は速くなっていた。

どういうふうに動けば吸血鬼やバケモノに見つからないで進めるかがわかってきたからだ。

そしてそれから四日後。

ついに家に到着した。

「…………」

家は、めちゃくちゃだった。

すべての大人たちがウィルスで死んだ――という状況には、見えなかった。

あきらかに交戦のすえに、みんなが死んでしまっていた。

『帝ノ月』の戦闘服ではない、別の戦闘服を着た人間が多数いて、首や胴をお互い刀で斬り付け合って死んでいる。

それを見て、秀作が言った。

「これ、『帝ノ鬼』の戦闘服だ」

柊家が率いる、『帝ノ鬼』の、戦闘服。家は『帝ノ鬼』の部隊に襲われたように見えた。

やはり、戦争が起きていたのだ。

「じゃあ、戦争で細菌兵器がまかれたのか？　で、父さんや紫煙は、この戦争が起きるって知ってた？」

だが、聞いたところで秀作にわかるはずなかった。

ただ、進むしかない。

家の中へ。

秀作の家も一般的にいえばお屋敷といっていい大きさの、和風の造りだった。

その中へと入る。

だが紫煙はいなかった。家のあらゆる場所で戦闘が行われていたが、紫煙の姿はない。

死体もみつけられない。もちろん、とんでもない数の大人たちの死体が屋敷中にあふれかえっているので、その下にあるのかもしれないが。

　秀作が小さく、

「母様」

　と、言ったのが聞こえた。

　だがそれは本当に小さい声だ。大きい声をだせば、ここにもし誰か敵がいた場合、自分の位置を知らせることになる。

　鳴海はその、秀作の背中にぽんっと手で触れる。秀作はこちらを見て、

「ごめん。大丈夫だ」

　と言うが、鳴海は薄く笑って、

「俺は大丈夫じゃないけど」

「……えー。背中撫《な》でようか？」

「うん」

　と、秀作も背中を撫でてくれる。

　家の中にも外にも死体が溢《あふ》れる中、お互いの感触だけが生を実感させてくれる。

　鳴海は言う。

「紫煙はいない」

「こんなにいっぱい死体があったら、わかんないよ」

が、鳴海はその、血みどろの居間を見る。よくここで二人で遊んだ。女中が優しくて、なにをしても怒らなかった。その女中の死体はあった。

「…………」

鳴海はそれを見る。

そしてその、女中の横。

畳の上の、乾いた血の上に、足跡があるのがわかった。

ウィルスがまかれた後の足跡か。それとも、ウィルスで滅亡する前で、戦争のあとの足跡か。

秀作の腕をつかんで、足跡のほうを指さす。

秀作もそちらを見て、

「あ」

と、言う。秀作がその、足跡の横へといって、しゃがむ。

「足跡が大きい。大人の足跡だよね」

「吸血鬼のかな?」

鳴海が言うと、秀作はこちらを見上げて、

「この家に子供はいない。あの吸血鬼の様子じゃ、わざわざここに入ってこないように思う」

同感だった。とにかく吸血鬼たちは気だるげで、保護をするのにもそれほどのやる気は見せていなかった。

じゃあ、

「この足跡は、なんだ？」

鳴海が言うと、秀作はそれに、

「戦闘のときのかもしれない」

と言うが、しかし、二人ともが別の期待を持っているのがわかる。

鳴海は言った。

「でも違うなら……」

「…………」

「足跡がウィルス後のものなら、生きてる大人がいる」

その足跡を、二人はたどる。

途中で血の跡が消えて足跡はなくなってしまうが、その足跡がどこへ向かっているのかは、わかった。

鳴海の家だ。

◆

鳴海の家も、秀作の家と同じような状況だった。

激しい戦闘により、家は半壊していた。

ミサイルでも撃ち込まれたかのように、屋根の半分が破壊されている。

やはり家の中には死体ばかりある。

『帝ノ月』の戦闘服。

『帝ノ鬼』の戦闘服。

そこで鳴海は気づく。

「なあ秀作。気づいてるか」

すると秀作はうなずく。

「うん。気づいている」

「なにに気づいてる？」

「え、真琴から言ってよ」

「違うことだったら嫌《や》じゃん。だから言えよ」

それに、秀作は言った。

「外傷がない死体がない。たぶんここには、ウィルスで死んだ死体がない」

つまりそれは、戦争のタイミングで全員死んでしまっている、ということであれば、

「父さんや紫煙は、生きてるんじゃないか？」

と、言うと、秀作が小さく息を吸った。

希望はある。まだ、希望はある。


鳴海は父の書斎へ向かった。父の部屋には机と書棚がある。書棚には難しい呪術式や、組織を運営するための本が並んでいる。

その本の中でも、父が何度も読み返しているお気に入りの本があって、それを取り出す。ページをぺらぺらめくる。それから床に捨てる。

父が鳴海に読んだほうがいいと言っていた本を手に取る。ページをぺらぺらめくる。それから床に捨てる。

机の鍵がかかった引き出しを無理矢理壊して開ける。中にはいくつかの書類と、鳴海が三歳のときに死んだ母の写真が入っていた。

正直、鳴海自身はあまり母のことは知らないのだが、強い呪術師だったと父は繰り返し教えてくれた。紫煙と競うほどの強さだったと。だからおまえにも呪術の才があると。

母は任務中に死んだらしい。

そう聞いていた。

後ろから秀作が言ってくる。

「真琴。なに探してるの？」

「んー」

「なにが起きたのかがわかる資料があると思ってる？」

「んー、どうかな。なんか」

「うん」

「なにかあったときは、お気に入りの本の中に、手紙を残すって、父さんが言ってたんだ」

それに秀作が床に捨てられた本を見下ろして、

「なかったの？」

「なかった」

「そうか。他の本を、見てみるよ」

と、秀作も書棚をあさり始める。

鳴海は机をすべて確認したあと、父の椅子に座った。父の椅子は、まだ十一歳の自分には大きかった。

いつか父のようになりたいと思っていたのだ。

父はなんでも知っている人だった。

優しくて、厳しくて、強かった。

少なくとも幼い鳴海にはそう見えた。

彼は椅子に座ったまま、部屋を見回す。

部屋には絵が飾ってある。

鳴海が描いた絵だ。二歳のときに描いた、まだ母が生きていたときのもの。

なんの絵なのかは、下手すぎて自分で見てもわからないが――父が言うにはたしかロケットと言っていたらしい。

鳴海は立ち上がる。

額に入った絵を取り外す。

秀作がこちらをちらっと見るが、しかし本を開いて床に捨てていく手を止めない。

額を裏返す。裏板を外す。中の絵を取り出す。

絵を見る。やはり、ロケットには見えない。ロケットと自分は言ったらしいが、これはたぶん、蛙《かえる》のつもりで描いたんじゃないだろうか？　緑の体に、四本足がついている。

「…………」

だが、それはどうでもいい。こんな絵はどうでもいい。父は大切にしていたが、自分にとってはどうでもいいことだ。

鳴海は絵を裏返す。

後ろにも絵が描いてある。それがなんの絵かはわかっている。

主題はお母さん——だ。

その絵のことはわかっていた。描いたとき、母が喜んだのも覚えている。母のことはほとんど覚えていないのに、この絵を描いたとき、母が喜び、自分は抱きしめられたことを覚えている。

父もたぶん、嬉しそうにしていた。

そしてその母親の絵の横に。

へたくそな母親の絵の横に。

「…………」

「……秀作。あった」

「え」

「メッセージだ」

「うそでしょ」

秀作が慌ててこちらにやってくる。

横に並ぶ。

二人で、死んだ鳴海の『お母さん』の絵を見る。

その、母親の横に、文字が書かれている。父の字だ。

『私には私の任務がある。おまえの任務はなんだ?』


また、秀作と二人、顔を見合わせる。

秀作が言う。

「いつ書いたものかな」

「内容を隠してる。宛先も。敵に見られたときのためだ」

「じゃあメッセージだ」

「たぶんそうだ」

「お父さんの任務ってなんだろ」

「わからない。でも、俺の任務とは違うってことだ。父さんには父さんの、俺には俺の任務がある」

そしてその言葉で、父さんは伝わると思った。

これで、伝わるのだ。

確かに伝わった。

自分にはまっさきに考えるべきことがあった。

なのに、なぜそれを思いつかなかったのか。

「秀作」

「うん」

うなずく秀作に、鳴海は自分たちの任務を言った。

「グレン様が生きてる。東京へいくぞ」

声がする。

男女の声だ。

「グレン。そろそろ起きなって。寝坊だよ」

「…………」

「ちょっと馬鹿グレン！　ほんと、いい加減起きなさいよ！」

「…………」

「おいグレングレーン。起きろって。すげぇことになってっから。まじですげぇの。外が。まじで」

「…………」

「ちょっとみなさん。そんなに無理矢理起こそうとしないでください。グレン様はきっと、お疲れなんです」

「…………」

「そう言ってる小百合《さゆり》の胸が、膝枕してるグレン様の顔に乗っかってるせいで起きれないんじゃないですか?」

「んなっ。本当ですかグレン様」

なんていう、うるさい声たち。

だが、なかなか意識が浮上しなかった。

起きたくないのだ。

もうずっと眠っていたい。

意識がもやもやする。その間も声はうるさいが。

「ちょ、まじでグレン!　すげぇんだって。外がゾンビ映画みたいな世界になってっからっていうか小百合ちゃんの胸でかすぎるから!」

「五士《ごし》!　こんな状況で不謹慎ですよ!」

「いやでも美十《みと》ちゃん見ろよあの胸。やばくないか」

「え、いやそれは……わ、私だって少しは……」

「見せてくれんの?」

「見せるわけないでしょうが!　っていうかそんな話してる場合じゃなぁあああああああああああい」

なんてひどくうるさい声が耳元でして。

「んぁ〜、うるせぇなぁ」
と、やっと、意識が現実に戻り始める。
目を薄く開く。
一度開いたときは、明るすぎて世界が真っ白に見えてしまって、なにも見えなかった。
だからもう一度まぶたをぎゅっとつぶり、それから、開いた。
すると今度は世界が見えた。
とても明るい世界だった。
幸せな世界。
仲間が。家族が、生きている世界。
グレンの顔を心配そうに、五人の仲間たちがのぞき込んでいる。
深夜《しんや》が。五士が、美十が。時雨《しぐれ》が。小百合が、こちらをのぞき込んでいて。
全員生きていた。
これが夢じゃなければ、全員が元気に、生きて、こちらの様子をうかがってきていて。
その光景は、とても平穏なものに見えて。
深夜がにっこり微笑《ほほえ》んで、言った。
「おはよ、グレン」
それに横にいた美十が眉をつり上げて、

「おはよじゃないですよ、深夜様。グレン、あなたほんとに起きるの遅すぎます。いま大変なことになってるんですよ！」

　すると五士がうなずく。

「そうなんだよ。おまえの顔の上に小百合ちゃんのすげぇでかいおっぱいがずっと乗ってて」

　と言うのに、小百合がにこにこしながら、

「いまも乗せてます」

と言って、時雨がその、小百合の胸を真顔で両手を差し出し。

「重かったら言ってください、私が調整します。気持ちいいようなら仕方がないので、そのまま乗せておきます」

　と言うのに、グレンは言った。

「重い」

「持ち上げます」

　ひょいと胸を持ち上げて、

「あ、雪《ゆき》ちゃん」

　と、小百合が時雨を見るのを、

「こんな状況でふざけないで！」

なんて美十が怒鳴ってグレンの腕をつかんで無理矢理引っぱり上げる。

体がまだ、ぐったりしている。なぜぐったりしているのか、徐々に思い出し始める。

麻酔だ。

仲間たちをビルの上層階に隠したあと、自分で麻酔を首に注射した。

それも多めに入れた。

普通の人間なら何十人も死ぬ量。いや象でも死ぬだろう。鬼の力で肉体を活性化させてもまだ効いている。だから思考が戻らない。

美十に引き上げられて立ち上がるが、足下がふらふらする。

「グレン様！」

「グレン様！」

と従者二人が心配する。

引き上げた美十が支えてくれて、なんとか体勢を維持する。

美十が言う。彼女も心配する顔になる。

「ちょっと、ほんとに大丈夫ですか？」

グレンは頭を押さえる。

「ぐらぐらする。なにが起きた？」

と、顔をあげると、目の前に深夜と五士がいる。

深夜が答える。

「それが、わからないんだ。目がさめたらここにいた」

場所は新宿にある高層ビルの二十二階だった。センティアルという名前の会社のオフィス。社員はもうみな帰っていて、無人だった。

そこへ、自分は深夜たちを運び込んでから、自分に麻酔を打ったのだ。

ビルの外には放置できなかった。奇妙な白いバケモノが徘徊《はいかい》しており、人間狩りをしていた。

たぶんあのバケモノも、罪を犯した人間への、罰の一種なのだろう。

姿を見た瞬間にそれを感じた。虫のような奇妙な見た目なのに、どこかその姿には高貴さのようなものが感じられた。

鬼に憑《つ》かれた『帝《みかど》ノ鬼《おに》』の残党たちが新宿の交差点で必死にそのバケモノと交戦している姿を見たが、何人も殺されていた。

鬼呪《きじゅ》の力よりも、バケモノは強かった。だから外で意識を失うわけにはいかない。必死にビルの中に仲間を隠した。

そしてその、全部を知ったうえで――

「ここは、どこだ？」

と、グレンは聞いた。

周囲を見回した。

五士が答える。

「どっかの会社。つか、そんなことより外がやばいんだ」

「外？」

と、目を窓の外へと向ける。

空が青かった。

昼だ。

差し込む強い太陽の光の向こう側のビルに、旅客機が突き刺さっている。

その光景も、すでに彼は見た。

何機も、何機も、飛行機が落ちてくるのを見た。

まるで流星のように、空から死人を積んだ塊がふってきて、街を破壊していた。

だが、

「……なんだ、ありゃ」

と言うと、深夜が説明してくれる。

「なんか、僕らが寝てる間に世界が滅びたみたいだ」

グレンは深夜を見る。

「なんで俺は寝てた？」

「わからない。僕も寝てたんだ」

「おまえも？」

「うん。五士も、美十ちゃんも、時雨ちゃんも、小百合ちゃんも寝てた。で、起きたら昼だった」

「だが俺らはいつ寝た？」

「君は覚えてる？」

グレンはそれに、考えるふりをする。

深夜は頭がいいから、これが考えるふりだと見破るだろうか。見破られたら、終わりだ。深夜は消滅してしまう。だからなるべく自然な顔をとりつくろって。

「ん～。記憶が抜けてる。なんだ。どうなってる」

「どこから抜けてる？」

その問いに、また考える顔をする。

蘇生《そせい》した死者は、どれくらいの時間分の記憶がないのか。全員が同じ時間に死んだ。だから、同じ時間分の記憶がないのであれば、自分だけ違う答えをするのはまずい。

グレンは頭を押さえ、

「……ああくそ、頭痛がひどい。なんだ」

と、しゃがみこむ。

美十がそれに心配げに言う。

「あなた、本当に大丈夫なの？」

「俺らになにが起きてるんだ。五十」

「んぁ？」

「おまえは覚えてるのか？」

するとと五十が言う。

「いや、ってか全員同じとこで記憶が消えてるんだ。エレベーターで地下に下りようとしたところまでは記憶があるんだが」

そのエレベーターはどこだ。

蘇生の実験をしていた、あの研究室へのエレベーターだろうか。

なら、ほんの少し前までの記憶はある、ということになるが。

グレンは頭が痛そうな顔をしながら、聞く。

「深夜もか？」

深夜はうなずく。

「うん。グレンは違うの？」

「俺は……」

もう一度、頭を押さえる。ぐっと、顔をしかめる。表情を読まれないように。自分が、思考を読まれることに怯《おび》えてるのがばれないように。

幸いなことに、仲間たちはそれを、別の心配に置き換えてくれた。

美十が言う。

「やっぱり、グレンだけ特別ななにかをされたんじゃないの？　目覚めるのも遅かったし」

五士が言う。

「あそこ、真昼《まひる》様がいる場所だったからな。グレンだけなにかされた可能性はある」

深夜が近づいてくる。心配げに顔をのぞいてくる。

「真昼になにかされたの？」

と、聞いてくる。

だが、本当は真昼は死んだ。

そして、なにかされたのは、深夜たちのほうだった。

禁忌《きんき》に触れた。

無理矢理蘇生させられた。

だが、それは言えない。

だから、グレンは首を振って、

「覚えてない」

と、言った。

「俺は……エレベーターのことも、思い出せない。暮人《くれと》と戦ったところまでは、覚えてるんだが」

もう一度頭を押さえる。

深夜がそれに、

「あきらかに、なにかされてるな。真昼がやったんだ」

違う。やったのは俺だ。

「検査したほうがいい。だが、グレン。落ち着いてきいてくれ。外の世界が大変なことになってる。だから休むことはできない」

それをやったのも、俺だ。

だが、やはりわからないという顔でグレンは顔を上げて、深夜を見る。

深夜は緊張した顔をしている。

当然だ。

世界が滅亡したのだ。

五士を見ても、美十を見ても、時雨を見ても、小百合を見ても、みなが、伝えたくない、最悪の状況について伝えなければならない、という顔をしていた。

だが本当の最悪は自分の中にあった。

この五人は蘇生させられて、禁忌に触れているのだ。

しかしグレンは、やはりわからないという顔で聞いた。

「いったい、なんだ。なにが起きた？」

深夜がこちらを見る。

グレンはその視線に、どれくらいの態度で答えるかを量る。

事実から逃げすぎれば、深夜はまた、それにも疑いを持つだろう。こいつはやはり、頭がいいのだ。早く情報を共有しきらなければ、話の齟齬《そご》に気づく。

だから深夜の目を見ながら考える。どれくらいの答えにするかを。

そして選択する。

深夜が口を開くまえに、グレンは言う。

「……まさか、世界が破滅したのか？」

その情報は、真昼の口から出ていた。だから必死に戦っていたのだ。世界が激変するのを、止めようと彼らは抵抗していたのだから。

深夜は答えない。ただ、窓のほうへと目をやる。自分の目で見てみろといわんばかりに。

グレンは立ち上がる。

窓へと近づく。

外がどうなっているかはわかっている。

滅亡しているのだ。

鬼と、子供以外は全員死んだ。
自分のせいで。
自分が、後ろにいる五人を蘇生させたせいで。
「…………」
一つの窓には、遮光シートが貼られていた。だから自分の姿が映る。
自分の顔が。
映っているのは、嘘《うそ》つきの顔だった。
そしてその背後に、五人の仲間が映っている。
外を見る。
やはりあれは夢じゃなかった。
世界は終わっていた。
ビルがいくつも倒壊している。
街中が燃えている。
通りが死体に埋め尽くされている。
そしてその上を、『帝ノ鬼』の戦闘服を着た鬼たちが、走り回っていた。
グレンはそれを見下ろして、言った。
「……『帝ノ鬼』は生き残ったのか」

深夜が答えた。

「そう見えるね」

「人間は滅びた。鬼は生き残った？」

「まあ、そうなるように『帝ノ鬼』は立ち回ってたしね」

「じゃあこれは、『帝ノ鬼』の計画か？」

「たぶん。まだ聞きに行ってないけど。っていうか、聞きに行ったら殺されるのかどうかわからないからとりあえず君が起きるの待ってた」

と、深夜が隣に立つ。

「なんせ僕ら、裏切り者として逃げてたしねぇ。さて、世界が滅亡したから僕らも仲直りさせてもらえるのか、相変わらず裏切り者なのか、どっちかね」

それに、グレンは振り返って聞く。

「じゃあおまえらが目覚めたのは」

美十が答えた。

「一時間前。で、深夜様と五士が外を見に行って、様子を確認して戻ってきて――」

「俺が目覚めた？」

すると五士が両手を上げて言う。

「外、スーパーやべぇよ。みんな死んでる。美人も死んでる」

それに、グレンは苦笑して、

「おまえが言うと実感わかないな」

「美人死んでるのやべぇだろ。巨乳も小百合ちゃん以外死んだ。もう世界は終わりだ」

というのに、

「巨乳じゃなくて悪かったわね！」

と、美十が五士を殴る。

美人のところは否定せずに、巨乳だけ否定したので、美十は自分をたぶん、美人だと思っているのがわかった。

それを時雨が半眼で見ていて。

「…………」

なんか、こいつらはどういうつもりかはわからないが、こんな状況でもいつもどおりだった。

それに、

「はは」

と、思わず、彼は笑ってしまう。

それに呆《あき》れ顔《がお》で深夜が言う。

「笑い事じゃないけどねぇ」

「まあな」

「でも破滅しちゃったもんは仕方ないもんなぁ」

「…………」

「まーた、僕らは力が足りなかったね。救世主にはなれなかった」

「…………」

それどころか、世界を終わらせたのは自分だった。

「おまけに妙なバケモノが暴れ回ってるんだよねぇ。兵はみんなでその対処に必死そうだった。あと、子供が生き残ってるからその保護も——」

「…………」

「吸血鬼たちも、食料確保に子供を保護しようとしてて、『帝ノ鬼』の兵たちが吸血鬼に皆殺しにされてるのも見た。まあとにかく死体ばっかりでね」

それに、グレンは聞いた。

「……で、俺が目覚めるのを待ってた？」

深夜はうなずく。

「状況の確認にちょっとかかったから。で、どうしよっか。世界は終わったから、逃げようと思えばこのまま『帝ノ鬼』からは逃げ切れるかも。なんせ、『帝ノ鬼』の兵も殺されてたし」

グレンはうなずいて、言う。

「逃げるなら北だな」

南の渋谷《しぶや》は『帝ノ鬼』の本拠地がある。吸血鬼に壊滅させられていなければ、街や組織の復興は渋谷から始まるだろう。

「じゃ逃げる？」

と、深夜が言う。

それにグレンは思う。

もう逃げた、と。本当に世界を救うつもりなら、あそこで自分は殺されるべきだったのだ。

だからこれ以上逃げる場所はなかった。

グレンは言う。

「でも、逃げてどうする。世界は終わった。終わった世界でどこへ逃げる？」

「なら『帝ノ鬼』へ合流して、復興を手伝うか。まあ、そうなると思ったけど。この状況じゃ――」

と、深夜がもう一度窓の外を見下ろして、言う。

「さすがの暮人兄さんも、僕らの助けがいるんじゃないの」

グレンも窓の外を見て、言う。

「だが、破滅は『帝ノ鬼』の計画だった可能性がある」

「そうだね」

「だがなんのための破滅だ？」

「わかんない」

「渋谷に合流したら、わかると思うか？」

「ん～。計画したのが僕の父様だったとして」

それは柊《ひいらぎ》家《け》の当主だ。

柊天利《てんり》。

グレンの、父親を殺した男。

深夜は自嘲するように笑って言う。

「僕は養子だからなぁ。ほとんど父様の顔も見たことない」

じゃあ、暮人はどうか？

暮人も、破滅を止められないと言っていた。暮人もこの破滅を止める術を持っていなかった。

だから、グレンたちに託した。

世界を救え。

真昼を止めてくれ、と。

だがその真昼すら、『帝ノ鬼』の計画の上で動いていた。

いや、この蘇生すら——

「…………」

グレンは、深夜たちを見る。

このすべてが、誰かの計画だったなら、どうだろう。

この破滅が。

この蘇生が。

やっと『帝ノ鬼』を出し抜いたと思って死んだ真昼の行動や、深夜たちを蘇生させたグレンの行動のすべてが、もし、まだ誰かの計画のうちだったなら。

「…………」

そいつは、殺す必要があると思った。

おそらく人類の敵だ。

人類と呼べる人間がこの世界にどれほど残っているかはわからないが。

神か、悪魔か。

グレンは窓の外を見下ろす。

その横顔を、深夜がのぞきこんできて言う。

「ねぇグレン」

「ん」

「記憶はまだ戻らない？　暮人兄さんと戦ったところで消えてる？」

その質問はなんだ。記憶の話は終わったはずだ。

なのにさらに聞いてくる意図はなにか。

深夜は疑ってるのだ。グレンだけ記憶がなくなった時間が違うことに、違和感を持っている。

いや、彼はグレンが起きてからずっと、こちらを見つめていた。グレンがなにか隠し事をしてるんじゃないかと、すぐに気づいてしまったのだ。

そして気づくと思っていた。

深夜は気づくと。

そういう奴だ。

くだらない、ささいな、かすかな、細かいことまで、すべて気づくような奴なのだ。

こんな大きな秘密を、深夜に隠したままでいられるとはグレン自身も思っていなかった。

だから、

「…………」

わかりやすい嘘をついた。

暮人と戦ったところまでしか記憶がない、という、嘘。

グレンは深夜のほうを見る。

深夜は心配するような、それでいて疑うような目をしていて、その瞳を見つめると、

「……で、僕らに秘密があるの？」

あっさりきいてきた。

グレンはそれに、小声で言う。深夜が、『蘇生』の事実を追及したくならないように、別の事柄へと誘導する必要がある。

たとえば別の秘密を共有する。

違う秘密を持っているから、グレンの表情の奥に秘密がみえるのだ、と、勘違いさせる。

グレンは言った。

「……言いたくないんだ」

「でも言うだろ？」

「…………」

「いまさら僕らに隠し事しても仕方ないしさ」

「…………」

「もしくは謎かけみたいに、僕が推理していかなきゃいけない？　やってもいいけど、それやる意味が……」

が、それを遮って、グレンは言った。

「……俺は、真昼を殺した」

深夜がそれに、無言のまま少しだけ目を大きく見開く。

背後の四人の仲間もそれに、急に静まりかえってこちらに耳を傾けたのがわかった。

だが、グレンはビルの窓の外を見つめながら、続けた。

「エレベーターに真昼がいた。おまえらみんな真昼に薬を打たれた」

「…………」

「で、真昼は、俺が真昼を殺さなければ、五士や美十や、時雨や小百合、そして、おまえを殺すと言った」

「……真昼が自分で、殺して欲しいって？」

「ああ」

「なんのために」

「わからない」

「で、君はあっさり真昼を殺したの？」

その問いに、一拍おいてから、グレンは答えた。

「……おまえらを」

「ああ。そうか。僕らが殺されかけて、止めるために、殺した」

「…………」

「つまり僕らのせいで、君は真昼を殺した」

「…………」

「真昼は最後、なんて?」

「…………」

「なんて言った? それ、僕は聞く権利あるでしょ。許嫁《いいなずけ》だぜ?」

と言うのに、グレンは彼女が消えるときのことを思い出しながら、言った。

「……ノロマで、クソみたいに力のない王子様がやっと追いついて……醜い、汚れた鬼の私に口づけをしてくれたってさ」

「ふぅん……で、君は泣いた?」

「それ知る必要あるか?」

「ないけど。泣いたろ」

「…………」

「そうか。そうかぁ……」

と、二度、深夜は言った。これで納得してくれただろうか。

「真昼はどうなった?」

と、彼は言う。

それにもう、嘘で答える必要はなかった。秘密は真昼がすべて抱えてくれる。ここからは真実だけしか答えなくても、真昼が吸収してくれる。ここを乗り切れば、嘘をつききれる、と、そう思った。

だから、グレンはそのまま答えた。

「消えた。刀の中に吸収されて」

深夜が、グレンの腰にささっている《ノ夜《のや》》を見る。

「どういう仕組み?」

「わからない。《ノ夜》は……いや、この剣の鬼は、真昼に吸収されると言っていた」

「鬼が吸収される? じゃあ鬼の声は?」

「いまはしない」

「鬼が消えた?」

「声は消えた。力はそのままだが」

いやむしろ、前よりも増大しているように感じられる。

深夜が、指で自分の口のあたりをおさえて、「んー」と考えるような顔になる。

そして、聞いてくる。

「真昼の目的はなんだろ」

「……わからない」

真実だ。

彼女のやることはいまだわからない。

だが深夜が言う。

「君と一体化することが目的だったのかな?」

「どうかな」

「真昼は喋《しゃべ》るのか?」

「喋らない。無音だ。鬼も真昼も……」

そう。

無音。

真昼が消えてから、《ノ夜》も、真昼も、なにも語らなかった。

ただ、ただ、静かに、力を供給してくれている。

深夜が言った。

「じゃあ、真昼の計画は進行中か」

「………」

「世界が破滅した。なのに、僕らは生き残った。いや、生き残らされたのかな。麻酔まで打たれちゃって」

と、深夜は、自分の首のあたりに触れる。麻酔を打った注射器の針の跡は、もう修復されてしまっていてないのだが、まだ違和感を感じるのだろうか。

　その、首に注射器を刺したのは、自分だ。

　グレンは深夜の首を見る。

　すると深夜も、こちらの首を見てくる。一瞬それに、体が緊張する。首の傷は、消えているだろうか。

　フェリドに血を吸われた傷は。

　後ろから五士が言った。

「つか、真昼様が消えたなら、誰がグレンに麻酔を打ったんだ？」

　続いて美十が言ってくる。

「ひょっとしてグレンは、本当は世界の破滅をもう――」

　が、グレンは首を振った。

「いや、見てない」

　嘘だ。

　見た。

　世界は終わった。

　それも自分のせいで。

　だが、グレンは嘘をつく。

「真昼が《ノ夜》に吸収されて消えてからしばらくして、急に意識が消えた。で、起きたのがいまだ」

その言葉に、仲間たちが心配そうに、顔を見合わせる。

五士が言う。

「……それって、真昼様に体を乗っ取られてて、その間の記憶がないとかじゃないのか？」

美十が慌てる。

「え、え、それってすごいまずいじゃない」

時雨と小百合が近づいてきて言う。

右手を時雨に、左手を小百合につかまれて、

「グレン様」

「グレン様、大丈夫でしょうか？」

と言われる。

そして深夜がこちらを見つめて、

「真昼」

と、言った。

グレンはその、深夜を見る。

「俺は真昼じゃ……」

「それ、断言できる？」

「…………」

出来ない。真昼は自分の中に入った。それはわかった。なにかが変わったことが。《ノ夜》ではないなにかが、自分の中に絡みついたのがわかった。

だからもう、自分は、以前の自分ではないのかもしれない。

グレンは深夜を見つめ、それからまわりにいる仲間たちを見回してから、

「……断言は、できないな。俺は俺だと思ってるが……」

が、そこで、深夜がいつの間にか手に、銃剣を生み出している。白虎丸《びゃっこまる》という名の鬼だ。その鬼が深夜とどういう対話をしているかはわからないが、その、白虎丸がこちらに向いて——

「わかった。やっぱり、『帝ノ鬼』へ戻るしかないな。グレンが真昼に乗っ取られる可能性がある。防ぐにはきちんとした研究がいる」

するとそのときにはもう、グレンの腕を、時雨が拘束具で押さえ込んでいた。

「申し訳ありません、グレン様」

と言われるが、首を振る。

「いやいい。正しい判断だ。俺を拘束しろ」

するとそこで、五士が背中にそっと触れる。

「俺が幻術使う。検査が終わるまで、もうしばらく寝てろよグレン」

「……悪いな、五士」

五士が幻術を使い始める。それに、抵抗しないようにする。すると幻術がすぐに効き始めて。

五士が言う。

「エロいやつにしようか？」

するとその五士をどんっと美十が殴って、

「エロいやつにしない！」

「あ痛て」

そのまま、美十が近づいてくる。顔がすぐそばまで近づいているが、意識がどんどん、白くなっていく。幻術が効いているのだ。

美十が言った。

「私たちが、絶対にあなたを救いますから」

続いて小百合が深夜に言う。

「ですがどう戻りましょう？　わたくしたちは逃亡者でした」

すると深夜が答える。

「とりあえず、渋谷へ。で、様子を見よう。それに、もう僕らはわかってる。暮人兄さんは、どちらかといえばたぶん、味方だ」

「そうでしょうか？　わたくしは柊を手放しで信用は……」

が、そこで、意識が消えるのがわかった。

あきらかに意識がなくなってしまうのが。だが不安はなかった。この仲間たちなら、なんとかしてくれるだろう。

だからその、意識が消える直前に、彼は言った。

「五士」

「んぁ？」

「エロいので頼む」

「おけ！」

「ちょっとグレン！」

と、美十の怒鳴り声が聞こえ、それに彼は、

「ははっ」

と、笑ったところで、意識を失った。

◆

夢を見た。

それはエロい夢ではなかった。

とても綺麗《きれい》で、穏やかな夢だ。

たぶん、真昼と出会った河原だと思う。愛知《あいち》県にある、故郷の、ずっとグレンが訓練に使っていた河原だ。

もう夕方で、空は真っ赤だった。

グレンはその日も訓練していて、木刀を振るっていた。

でも、子供じゃない。幼い頃の自分じゃない。たぶん、自分は十六歳で。

で、その河原の向こう側に、真昼が座っていた。

セーラー服をきて、スカートから出た素足を、ちゃぷちゃぷと流れる川のうえで動かして水しぶきをあげている。

他にも、まわりを見ると仲間たちがいた。

五士が火をおこそうとしている。ああ、そうだ。今日はみんなで、この河原で、カレーを作ろうということになったのだ。

美十と小百合と時雨が料理の準備をしている。

少し離れたところでは、深夜がテントの設営をしている。

こちらを見て、深夜が言う。

「ちょっとグレン。なんか手伝えよ」

その言葉に、グレンは川の向こう側にいる真昼に、言う。

「だってさ。おまえも手伝えよ」

しかし真昼はにこにこ笑ったままなにも言わない。

「手伝えって」

真昼は笑っている。

「真昼」

彼女は笑っているだけ。

「ちょっとぐれんぐれーん」

五士が言う。

「ん？」

「火、つかない。炭がしけてるわ」

「家から持ってこようか？」

ここからは、実家も遠くないはずだった。

「頼む」

頼まれて、彼は実家へと向かう。

その日は本当に穏やかな陽気で、キャンプやらバーベキューやらをやるにはもってこいの日だった。

家に帰ると、時雨や小百合の親がいて、グレン様が帰ってきてくれて嬉《うれ》しいといちいち言ってくれた。

なんで急にそんなことを言うのかはわからないが、適当にうなずいて、彼は炭を探す。

確か納屋に、炭があったはずだが。

その途中、庭で父に会った。

父は嬉しそうににこにこ笑っていた。

「東京《とうきょう》で、友達が出来たのか」

「んー？　いや、あれが友達っていうのかはわからないけど」

「でもうちに呼ぶくらいだから、仲がいいんだろ？」

「確かに、仲はいいかもな」

「おまえが友達連れてくるなんて初めてだしな」

「そうだっけ」

「嬉しそうな顔してる」

「そう？」

「ああ」

「そうかな」

「おまえが嬉しいのは、私も嬉しいよ」

「もういいよ。恥ずかしい」

「はは」

「ところで親父」

「うん？」

「炭はどこにあるっけ」

「どこだったかなぁ」

と、やはり、父親が微笑む。その顔が好きだった。自分は父親を心の底から尊敬していた。

「納屋にあるかな」

と、父親の横を通りすぎた。

納屋を開くと炭がおかれていて、

「あった」

と、袋に入れて持ち上げる。

また、河原に戻る。

戻る途中で何人か、『帝《みかど》ノ月《つき》』の信徒たちに会った。みな頭を下げて、グレン様、やっとお帰りになったのですね、と言ってくれた。これからはまた、この愛知の地で、『帝ノ月』を率いてくださるのですね、と。

　みんな元気に、楽しそうに、この気持ちのいい夕方を過ごしていた。

　子供たちが、日が暮れるまえに家に帰ろーと言い合って。

　で、どこからともなく、夕飯を準備するような幸せな匂いがしてきて。

　河原に戻る。五士が「遅ぇよー」と言う。謝って二人で火をおこす。

　そのころには深夜がテントを張り終わっていて、コーラを持ってきてくれる。

　火がついて、女性陣が「はいどいてー」と鍋を火にかけるので、一歩下がって、深夜、五士、グレンの三人は、同時にコーラを飲む。

　その、コーラが美味《おい》しくて、美味しくて、美味しくて。

「はぁ」

　と、グレンはため息をついた。

「こんな日が、ずっと続けばいいのになぁ」

　なんて、心から思った。

　すると横で、深夜が言う。

「ほんとにね」

　五士も言う。

「ほんとになー」

河原の向こうでは、まだ、真昼がにこにこと微笑んでいる。

日が落ちようとしている。

でも、炭にも火がついているから、まわりは明るい。

深夜が言う。

「僕、マシュマロ焼きたいんだよねー」

それにグレンは笑って、

「俺も」

すると仲間たちが、

「あたしも」

「わたくしも」

「私も」

「俺も」

と、言って、料理そっちのけでみんなでマシュマロを焼いて、クラッカーにはさんで食べた。カレーがまだ出来ていないのに。

真昼はそれをやはり、にこにこ見ていて。

グレンは聞いた。

「真昼」

「…………」

「おまえも一緒に、マシュマロ食べないか？」

するとと彼女は、微笑んだまま、なにか口を開こうとして。

そこで。

その、穏やかな、幸せな時間が急に終わった。

◆

突如、目が覚めた。

「ん……」

彼は目を開く。

するとそこは、学校の教室だった。見覚えがある。

第一渋谷《だいいちしぶや》高校の、教室。

その教室の中央の席に、彼は拘束具をつけられて座らされていた。

目の前には黒板。

時刻は二十二時二十分。

月夜だ。

割れた窓ガラスから明るい月の光と、そして、十二月の冷たい風が入り込んできている。

グレンはそれを、拘束されたまま見る。

世界はやはり、滅亡していた。

窓ガラスの外の景色は、完全に終わっている。

教室の隅にも、何体か死体があった。

それを彼は見つめ、

「……ああ、くそ、結局さっきのは夢か」

もしくは、こちらが夢か。こちらが夢だったらどんなにいいか。

だが、悪夢のほうは醒《さ》めない。

いい夢はすぐに醒めてしまうのに。

周囲を見回す。

やはりそこは教室だった。

「……なぜ俺はここにいる？」

と、呟《つぶや》くと、教室の前のほうの扉がガタンッと音を立てて開いた。

それから一人の男が中に入ってくる。

ぴんと背筋の伸びた、鍛えられた体を持った男だった。腰には日本刀。『帝ノ鬼』の戦闘服。

暮人だ。

柊暮人がそこにはいて。

彼は意志が強くこもった瞳でこちらをじっと見つめて、言った。

「おまえは夢を見たと言ったか？」

「………………」

「どんな夢を見た？」

グレンは暮人を見上げ、答えた。

「夢みたいな夢を見てた」

「は。なんだそれは」

「滅亡してないころの夢だ」

するとそれに、暮人は肩をすくめ、

「ああ」

とだけ、言った。

後ろ手に、扉を閉める。

それから扉に、呪符を一枚貼り付ける。

結界の呪符だ。それもかなり強い結界。

それによっていくつかの呪符が連動して、この教室の音が外へと漏れないようになるのがわかる。

そのまま暮人は教室の、黒板の前へと進む。黒板には化学の授業の内容が書かれている。まだ、世界が終わっていなかったころの、授業の内容。

暮人はそれを冷たい目でみやってから、言った。

「俺はおまえに、破滅を止めろと言っただろ」

グレンはそれに、答えた。

「出来なかった」

「クズが」

「ああクズだ」

それに、暮人はこちらを見つめ、

「あっさり認めるなよ」

と、近づいてくる。

グレンは聞く。

「深夜たちは?」

「殺した」

「ふざけんな」

「ふざけてない。柊を裏切った者は皆殺しと決まっている」

「じゃあおまえも死ねよ。俺に情報を与えて、破滅を止めようとした。あれは裏切りじゃないのか？」

暮人が目の前まできて、止まる。こちらを見下ろす。

その目を見上げる。見ればわかった。暮人の目は、疲れきっていた。

グレンはそれに、言った。

「疲れてるな。外はそんなにひどいか？」

「ひどいね。だが復興を始めてる」

「破滅自体おまえらの計画だからな。復興プランも用意してあったのか？」

だが、暮人は首を振った。

「あるにはあったようだが、問題が起きた」

「問題？　なんだ」

「想定外のバケモノが出て、復興のプランを練っていた間抜けどもが壊滅したとさ。俺は関与していなかったが」

「へぇ」

「おまけに吸血鬼どもが生き残った子供たちをかたっぱしから拉致《らち》しているが、奴らは強くて手がだせない」

「で？」

「で、まあ、生き残った奴らで逃げ回りながら、ライフラインを確保して、街ごと態勢の立て直しだ」

「ほう。んでその指揮は誰が執ってる」

「俺だよ」

「じゃあお忙しいだろうに。俺に関わってる暇があるのか？」

するとと暮人が懐から注射器を取り出して言う。

「ないね。だから自白剤を打たすな。自分からぺらぺら喋れよ」

などと、言う。

それに、グレンは言う。

「自白剤は効かない。鬼が代謝……」

「知ってる。《鬼呪》の研究は、俺が最先端の場所にいるはずだ。だから深夜はおまえを連れてきた。おまえを救いたいそうだ」

そう。真昼と融合してしまったグレンを心配して、深夜はここに、自分を連れてきた。

グレンは聞いた。

「検査は？」

「した」

「どうだった？」

　すると暮人は少しだけ顔をしかめて言った。

「一人を除けば、俺が最先端だとわかった」

　真昼のほうが、先に進んでいる、ということだろうか。

「つまりどういうことだ？」

「おまえの中にいる鬼は、いまの《鬼呪》技術よりもまたさらに一歩先に進んでいた。より大きな鬼の力を、理性を保ったまま引き出せる。だがまあ、その技術についての解析はすぐに……」

「それはどうでもいい。真昼は中にいるのか？」

　それに、暮人は言う。

「いや。おまえの中にいるのは鬼だけだった」

「真昼は？」

「いない」

「でも消えたんだ。俺の中の鬼は、真昼に取り込まれると怯えて……」

　が、暮人は遮って、

「冷静に聞け。中を調べてわかった。いま、おまえは、幻覚を見てる」

「……へ？」

「鬼がおまえに幻覚を見せてる。おまえが見たい夢を」

「なにを言ってる？」

「おまえはきっと破滅を止めようとした。で、真昼と殺し合いになった」

「…………」

「そして真昼を殺した。それに理性が耐えられなくて、鬼からの侵蝕《しんしょく》を受けて暴走し、そこからは幻覚を……」

「違う。そんなはずない。俺は暴走してない」

「いや、あきらかに数値は暴走している。いまもだ。理性を保った顔をしているが、もう鬼になりかけの生成《なまな》りだ。おまえを鎮静するための薬をいま作ってる」

「違う！　違う。俺は……」

「おまえはあの地下で、暴走して、暴れた」

「そんなはずない。俺は……俺は……」

違う。そんなはず、ないのだ。暴走なんて一度もしなかった。暴走して、強い力で誰かを倒すことができていたなら、世界は破滅しなかったはずだ。

だが、自分はなにもできなかった。

本当になにもできなかった。

「…………」

いや、それとも、自分はしたのか？

俺は暴走したのか？

それじゃ、まさか、俺が深夜たちを――

とそこで、

「……じゃあ、なにがあそこで起きた？」

暮人が聞いた。

それにグレンは、暮人を見上げる。

「…………」

答える訳にはいかなかった。真実は自分だけが抱えるのだ。でなければ、深夜たちが蘇生した事実が本人に伝わって、消滅してしまう可能性がある。

「答えろ。なにが起きた？　もしくは自白剤を打つか？」

「……打てよ。俺は自分が見た真実しか言ってない。俺は真昼を殺した。真昼が俺の中に入り込んできて、消えた。で、俺の意識もそこで消えた」

暮人がそれに、じっとこちらを見つめたまま、しばらく黙っている。それから、注射器を床にほうる。

「信じよう。どうせ自白剤は効かない」

「でも別の薬は打ってるだろ？　無駄に不安な気分になる。で、俺を誘導してる。鬼に取《と》り憑《つ》かれてるんじゃないかと恐怖させるように」

　が、暮人はそれには首を振った。

「薬は打ってるが、おまえの状態は嘘じゃない。鬼が暴走してる。普通じゃありえないほどに。なのに理性が保たれてる。《鬼呪》コントロールの、次のステージだ。《鬼呪》融合だな。これをどうやった？　真昼がやったのか？」

　そう。真昼がやった。なにもかも、彼女が進めた。

　暮人は続けた。

「どちらにせよ、この《鬼呪》実験を真昼がやったなら、彼女は救世主だ。《鬼呪》の力はまた飛躍的に伸びる。これがあれば吸血鬼と戦えるかもしれないほどに」

「吸血鬼と戦う？」

「戦う必要がある。奴らは子供を拉致する。人類の未来を。それに、奴らはきっと蘇生実験をした組織を許さないだろう」

　どうやら、蘇生実験が禁忌に触れることは、暮人ももう知っているようだった。

　しかし、誰が蘇生させられたのかは知らない。

　いや本当は知っているのか？

あの実験場には監視カメラがあって、そのすべてを見ていた可能性だって、ある。

真昼の人生すべてが奴らの計画通りだったように、この、深夜たちを蘇生させることまですべてが、計画の可能性だってある。

グレンは聞く。

「……で、深夜たちは？」

すると暮人が答える。

「原宿《はらじゅく》にいる」

「原宿？　復興は原宿から始まるのか？　渋谷じゃなく？」

が、暮人は答えた。

「拠点は渋谷だよ」

「ならなぜ……」

「おまえと話すまで、おまえらを『帝ノ鬼』へ迎え入れるわけにはいかないからだ」

「………」

「滅亡はどうやら、柊の計画通りだ。真昼すら、父の実験体にすぎなかった。違うか？」

そう。真昼は実験体だった。彼女の運命は、生まれたときから決まっていた。

だが、最後の最後で、その、運命から出たと言っていた。グレンがあの場所にやってくるのを、監視カメラをすべて潰し、研究者たちを皆殺しにして、彼女は待っていた。

だがあの光景を、こいつは本当は見たのか、見ていないのか。

それは自分たちはいまだ誰かの計画のうちか、それとも真昼は逃げ切ることができたのか、という話だった。

「…………」

それを考え、しかし、答えはでない。情報が足りない。なにを話していいか。どう立ち回っていいか、情報がたりない。

そもそもこんな滅亡してしまった世界で、自分はなにを目指せばいいかもわからない。

ただ、ただ、深夜たちが消滅してしまわないよう、情報に気をつけなければ——くらいしか、いまの自分にとってのゴールは見当たらなくて。

グレンは、聞いた。

「なあ暮人」

「ん」

「おまえにとっての敵は誰だ？」

「敵？」

「ああ」

「敵はいない」

「ならなんのために生きる？」

「…………」

「こんな世界で、ゴールはなんだ」

という問いに、暮人が少し考えるような顔になってから、こちらを見て言う。

「おまえはまだ、ちゃんと外を見てないだろう？　本当にひどい。俺たちがここで踏みとどまらなければ、きっと人類は終わる」

「…………」

「だから、力のない奴らにとっての、ゴールが俺だ。『帝ノ鬼』が、人類をとりまとめて――」

「はっ、おまえらが滅亡を計画したのにか？」

が、あっさり暮人が答えた。

「俺の計画じゃない。だが、責任は取る必要がある。それが力ある人間の義務だ」

「義務ときたか」

「義務と正義だ」

するとそこで、暮人は腰の刀を抜いた。刀が薄く帯電する。

《雷鳴鬼《らいめいき》》――それが暮人の刀の名前だった。

稲妻を放つ鬼が棲《す》んでいる。

その、刀を、暮人は振るう。

瞬間、グレンの拘束具が破壊される。自由になった両手を見つめて、彼は言う。

「なぜ俺を自由にした」

するとと暮人が言う。

「おまえにも義務があるからだ」

「責任を取る義務？」

「ああ」

「おまえに従って世界を救えって？」

「そうだ」

「だが、破滅させたのも『帝ノ鬼』だ。なのに俺たちはなぜこの破滅が必要だったのかすら知らない。『帝ノ鬼』はなんのためにこんなことをしてる？」

「…………」

「なにが目的だ。それをおまえは知ってるのか？」

「…………」

暮人は答えない。

その顔を見つめて、グレンは言う。

「知らねぇのかよ。で、知らないのに正義？　吐《ぬ》かすんじゃねぇよ暮人。おまえに正義なんてない。力だってない。力がねぇ奴に責任なんてとれるはず——」

が、そこで、暮人が拳を振るった。顔面に、その拳がめりこむ。

たぶん、よけられた。

だが、グレンはよけずにそれを受けた。殴られたかったのだ。破滅への引き金を引いたのは、自分だから。

これが逃れられない未来だったとしても、自分はそれに荷担したから。

口の端が切れ、血の味がするが、鬼の力ですぐに修復してしまう。こんな体では、地獄に落ちて拷問《ごうもん》されても、体はびくともしないだろう。

バケモノだ。体も、心も、バケモノになってしまった。

グレンは目を細め、暮人を見つめる。

「殴って、どうなる？」

すると暮人が殴った拳を見る。その手にグレンの血がついている。それを見つめ、

「青春してる気分になるだろ？」

などと言うので、グレンは笑う。

「これが破滅前ならな。でももう終わった。世界は滅亡――」

「復興する」

「はっ」

「それにこの滅亡で、『帝ノ鬼』の力も弱った。この学校も、監視されてない。父様の力

も、以前ほどじゃない。だからおまえが俺についてくれば」

遮って、グレンは聞いた。

「ついてくれば、なんだ。反逆でもするのか？」

「…………」

「結局おまえのゴールはそれか？　もしゴールがそれなら、確かにおまえにとっては世界がどうなろうがどうでもいいな」

と、吐き捨てるようにグレンが言うと、暮人は冷たくこちらを見つめて、言う。

「俺は常に、最善を選ぶだけだ。世界がどうこうなんて関係ない。最善手を選ぶ」

「エリートめ」

「そうだ。そのエリート様に跪《ひざまず》けよ」

などと馬鹿なことを言う暮人を無視して、グレンは横を見る。

窓の外。

かすかな気配がする。

「誰かが……」

と、言いかけたところで、暮人が動いている。窓へ向けて突進し、刀を振り上げる。

「ひっ⁉」

という女の声がするが、声はそこまで。

雷鳴鬼が女の体を貫いて、殺す。暮人の体は窓の外へ飛び出しているが、振り返って、ぎりぎり窓枠をつかむ。

女の死体が、階下へと落ちていく。

暮人は窓からよじのぼってこちらを見る。

その暮人へ向けて、グレンは言った。

「監視がないって？」

「こんな弱い女一人しか監視をつけられてない。破滅前はこうじゃなかった。なにをやっても、すぐに父様に怒られてな」

「じゃあ、俺とここであってるのは秘密か？」

「裏切り者と会ってるのは体裁が悪い」

「なのになぜ俺と会う？　本当に、反逆するつもりか？」

という問いに、暮人は言った。

「最善手を打つ。常に。そのためにおまえは俺に必要だ」

「へぇ」

「俺についてこなきゃ、おまえらは渋谷に戻れない」

半眼で、グレンは窓際に立つ暮人を見つめて、言う。

「でも戻って欲しいんだろ？」

するとそれに、暮人が刀を振り上げる。小さく呟く。

「轟《とどろ》け雷鳴鬼」

刹那《せつな》、暮人の刀と、全身が帯電する。一歩踏み出しただけで、暮人の体はすぐ、目の前まで跳んできてしまう。

彼の持つ鬼は《黒鬼》で、それはいま扱える《鬼呪》の武器の中でも、もっとも扱うのが難しく、そしてひとたび扱えれば、それは他の鬼とは比べものにならないほど強大な力を持ち主にもたらすものだった。

暮人の刀が、こちらへとまっすぐ向けられる。

おそらくは首を狙っている。

それをグレンは、ただ、半眼で見つめる。反応が遅れた。同じ《黒鬼》同士の戦いで、それは致命的だった。

暮人が本気なら、首を落とされるだろう。

しかし。

「…………」

そこでやっと、グレンは腰の刀に触れる。ぐいと引き抜く。その動きが自分が思っていたものよりも速く、雷鳴鬼が自分の首へ到達するまえに、暮人の刀へ自分の刀をぶつけることができた。

ギィンッと、刀と刀がぶつかる音がした。そのままグレンはさらに刀を押しつけた。

するとと暮人が力で押し負けて、雷鳴鬼を手放してしまう。

くるんっと、雷鳴鬼が回り、そのまま黒板のほうへと飛んでいく。黒板に突き立った瞬間、帯電していた稲妻が放出されて、黒板に大きな穴があいて、刀は床に落ちる。

それをグレンは横目で見やる。

その、彼の目の前で、彼は言った。

「ほらグレン。おまえには義務がある」

「…………」

「強い力を持つ者は――」

だが遮って、グレンは言った。

「いったい、俺の中はどうなってる」

「鬼が暴走してる」

「鬼の声がしないぞ」

「暴走しすぎなんだ。だが、その解析はもうすんだ。再度鬼を抑制する薬も開発した。暴走させてから抑制すると、より強い力が手に入る。だからその薬を打てば、俺も、他の兵たちも、より強くなる」

などと、暮人は言う。

体の中の鬼を暴走させて、さらに抑制する。どんどん鬼と融合させて、強くなる。

しかしそれもやはり、神の禁忌に触れるような、狂気の研究に思えた。

だからグレンは言った。

「危険な研究だ」

すると暮人はあっさりうなずいた。

「そうだ。だから俺は真昼を批判していた。理性を失って前へ進んでも、得られるものはないと。でもいまやどうだ。さきに世界が滅亡した」

と、暮人が窓の外をうながす。

グレンも外を見る。

暮人が続けた。

「いまや外の世界のほうが加速度的に危険度を増している。俺たちも足踏みしてる暇はない」

それに、また真昼の言葉を思い出す。

彼女はこうも言っていた。自分はウサギだと。ウサギとカメが競走するという寓話《ぐうわ》で、ノロマだが努力家の亀が、足の速いウサギが怠けて休んでいる間にゴールする、という話があるが、今回の話は違う。

ウサギは必死に走り続けてしまう。足が千切れても、心臓が爆発しても、気にせず前へ、前へ、前へ。もう、誰もその背中が見えないほど速く、速く、速く、彼女は走り続けてしまって――

結果、亀たちも亀ではいられない。

理性を失ったとしても、速く走らなければどうにもならない。

グレンは聞いた。

「その薬は？」

「今夜には量産される。試作品はこれだ」

と、暮人は内ポケットからアンプルと注射器を取り出す。

「だがおまえはまだ打ってないわけだ。他の部下を実験に使――」

「これを作るのに七人死んだ。みな志願者だ。全員、自分がこの世界をなんとかすると必死だ」

「…………」

「生き残った子供たちを守ると。生き残った人類を復興させると」

「…………」

「まだ、それでも、実験は足りてない。安全は確保されてない。統治者が使うには、まだリスクが多分に残ってる、が」

そこで、くるんっと、その注射器を翻して、暮人はその注射器を自分の首に突き立てる。

「おい」

と、グレンが言ったときにはもう遅かった。注射器の中に入っていた赤い液体は暮人の首の中に吸い込まれていく。

「んっ」

と、少し、苦しそうに暮人は言った。

その首を中心に、呪詛《じゅそ》が広がろうとする。

ぐ、ぐぐぐと、呪詛が広がっていく。

「おい暮人」

すると暮人が苦しそうな顔でこちらを見て言う。

「暴走したら俺の首をはねろ」

「おまえ」

「ぐう……」

と、苦しそうにうめき、それから、

「止まれ」

と、彼は言う。

するとそれで、呪詛の広がりが止まる。そのまますするすると首の注射器が打ち込まれた場所へと呪詛が戻っていく。

暮人がにやりと笑って、

「成功だ」

と言うので、グレンはあきれ顔で言う。

「リーダーとしては失格だぞ」

「おまえに言われたくないよ」

「…………」

「それに、時間がないんだグレン。足踏みすれば、それだけ子供たちが死ぬ。俺たちはそれを阻止しなければ。こい、雷鳴鬼」

と、静かに鬼を呼ぶ。すると暮人の手に、刀が戻ってくる。もう一度振りかぶる。

その動きはゆったりしているのに、さっきよりも遥《はる》かに強大な力がこもっているのがわかった。

だからグレンもすぐに反応した。

すぐでなければ、対応できないと感じたから。

「ノ夜」

と、グレンも鬼の名を呼ぶ。

だが反応はない。自分の中の鬼は、反応しない。

しかし力は供給される。

果たして、雷鳴鬼と同じだけの力が供給されるだろうか。

暮人の刀が振り下ろされる。

グレンもそれに刀をぶつける。

一撃で、お互いの力が拮抗《きっこう》しているのがわかった。

二撃目で、自分の力のほうがほんの少しだけ上回っているのがわかったが、しかし、それはほんの少しだ。お互いの技術と、そのときの運で結果がかわるほんの少しのレベルの差。もしくは、自分の中の鬼が暴走しているのだろうか。

そこから七回切り結んだあと、暮人が一歩後ろに引いた。

「こんなものだろう」

と、稲妻が集まる雷鳴鬼の刀身を見る。

「この力があれば、吸血鬼を殺せる」

というが、そんなレベル差ではないように思えた。少なくとも、フェリドという吸血鬼相手では、どうにもできなかった。

いや、それともどうにかできるのだろうか。たとえば陣形を組み、戦略を練れば——

グレンはそれに、刀を腰に戻して、

「——貴族は無理じゃないか？」

と、言うと、暮人はこちらを見て言う。

「貴族にも位がある。どうやら上位になるほど急激に力が増すようだ。だが、吸血鬼の本拠地は西のほうにあるようだ。東京近辺にはあまり位の高い貴族はいない。だからまずは東京を手に入れる」

どうやら、こいつは吸血鬼の調査もしているようだった。というよりも、『帝ノ鬼』自体が、吸血鬼の研究を相当長くしていたのだろう。

人間の蘇生――《終わりのセラフ》の実験は、吸血鬼たちから隠れて行わなければならないものだからだ。

グレンは暮人を見る。

本当に、こいつは復興するつもりなのだ。

もう、こんな世界になってしまったのに、決してあきらめず、愚痴らず、へこたれずに、前へと進もうとしていて。

グレンは、息を吸う。大きく吸う。自分はなんのために生きているのかを考えて。こんなことをしてしまった自分が、いまだ無様に生きながらえて、なにをすべきかを考えて。

「…………」

暮人がもう一本、注射器を取り出す。

「おまえにも打ってやろう。そうすればまた、鬼と対話できるようになる。対話できるということは、鬼を自分から引き離しているということだ」

グレンはうなずいて、言う。

「深夜たちの分は？」

「ある」

と、暮人は上着をこちらに開いてみせる。内ポケットにいくつかの暗器《あんき》と、呪符の束と、プラスチック製のケースのようなものがぶら下がっている。その中に、おそらくアンプルが入っているのだろう。

「で、その注射をして、強くなって、俺たちはなにをしたら渋谷に戻れる？」

するとさらに、内ポケットから紙の頭の部分を少しだけ引き出して、暮人は言う。

「すでに任務書もある。渋谷の電力を確保したいが、それを邪魔する奴がいる」

「誰だ？」

「吸血鬼の部隊だ。子供を集めてる。まあ、詳しくは任務書にあるから読め」

グレンはうなずく。

暮人が近づいてくる。彼の手には注射器があって、それを見る。

いま、自分は、鬼が暴走している状態らしい。薬を入れれば、その鬼を抑制できるのだという。

であれば、さっきかすかに頭のなかにちらついた疑問の答えも、この注射をされれば出るかもしれない。

自分は暴走していて。

鬼に乗っ取られていて。

で、ずっと、幻覚を見ている、という疑問。

「…………」

真昼を殺して暴走してしまった自分は、深夜たちも自分で殺したのではないかという、疑問。

そんなはずない。

そんなことをする意味がないと、思うが、しかし、すべてが幻覚なら、どこまでも答えはでない。自分では判断できない。

もし本当に暴走しているのなら、早く正気に戻らなくては。

「その注射を受ければ、俺は正気に戻るか？」

「そのはずだ」

「なら早く打ってくれ」

「ああ」

と、暮人が、右手に持った注射器を彼の首に刺そうとして、止まる。

それに、グレンは聞く。

「なぜ止まる？」

だがそれに、暮人が言う。

「俺のセリフだ。なぜ抵抗する？」

「抵抗？」

と、グレンは言う。

そして暮人の注射器を持つ手を見る。

その、暮人の手首を、いつの間にか自分の左手がつかんでいて。

「これは……」

「やはり乗っ取られてるんだ、おまえは」

「違う。これは……止まれ……」

だが、腕が自由にならない。左腕が。

「暮人。早く注射を」

「わかった」

と、暮人がグレンの腕を弾く。そのまま注射器を突き出してくるが、それにまた、左腕が抵抗しようとして、その腕を右手でつかむ。その感触は、まるで他人の手をつかんでいるかのようだった。

いや、それどころか、右手も感覚を失っていって。

「暮人！　まずい。右手も――」

右手が暮人の顔面を殴ろうとする。

それを暮人はよける。左手が勝手に暮人の首をつかむが、暮人は足で、グレンの足を引っかけて床に体ごと倒す。そして上から、全体重をかけて注射器を首へと刺し込んできて。

「抵抗するな、鬼」

針が、刺さる。

首に刺さる。

するとその、首に、呪詛がぐぐぐぐと集まっていくのを感じる。体中に、呪いが這《は》い巡っていく感触がある。

「う、ぐあ」

「抑えこめグレン。おまえはやれる」

「ぐ、ぐうううう」

だが、呪詛がどんどん、どんどん、広がってしまって。

意識が、意識が、消し飛びそうで——

音が遠くになった。

なにもかもの現実感が、遠くへと離れていく感触があった。

遠くで声がする。

「くそだめか」

本当に遠くで。

ほとんど真っ白になってしまった視界の向こう側で、暮人が雷鳴鬼を振り上げたように見えたが。

そこで、意識が消えてしまって。

◆

鬼が、生まれようとしていた。

完全に暴走した鬼が。

目の前で、グレンの体が真っ黒く染まっていこうとしている。

呪詛が抑制できていないのだ。

柊暮人はそれに、顔をしかめて言った。

「くそだめか」
そして雷鳴鬼を振り上げる。そして呟く。
「おい雷鳴鬼」
するとそれに、心の中で女の声が返ってくる。女の声だ。
《なぁに》
「こいつはもうだめか？」
《だめじゃないといいなとあなたは欲してる》
「で？　実際はどうだ」
《あたしが知るはずないじゃない》
「じゃあ殺そう」

《あなたはそれを欲してないじゃない》

「俺は正しい道をゆく」

《あははは、正しいかどうかを誰が決めるのかも不確かだとあなたは怯えているのに、そう言って自分を鼓舞するところは好きよ。臆病なのに強いところが好き》

「力を貸せ雷鳴――」

《ああ、ちょっと待って。薬が効いてる。その男と鬼が分離して、急にいま、そこに鬼がいるのが私にも伝わってきた》

などと、雷鳴鬼が言った。

暮人は、倒れているグレンを見下ろした。

すると確かに呪詛が広がるのが止まり、首に戻り始めている。

正気に戻ったのだろうか。

彼は気を抜かないまま、言った。

「グレン」

「…………」

「グレン。正気に戻ったか」

すると答えがあった。

「……ああ。悪い。取り乱した」

と、上半身を持ち上げる。冷たい瞳でこちらを見る。

するとそれにまた、雷鳴鬼が言った。

《戻ってない。薬が効いて呪詛は減っていってるけど、まだ鬼のほうが――》

が、そこで、まるでその会話を聞いていたかのように、グレンが言う。

「黙ってよ雷鳴鬼。チクり屋は嫌われちゃうぞ」

という物言いに、暮人は言った。

「おまえは鬼か?」

と聞く。

グレンは薄く微笑む。

その微笑みに、暮人は聞く。

「それとも、真昼か？　おまえはそこで生きてるのか？」

「さてどうでしょうね、お兄様」

「グレンを乗っ取るつもりか？」

「さてさてさて」

「もしくは、真昼を殺して壊れたグレンか」

「薬が効いちゃうよ～。やめてー意識が消えちゃうー」

「黙れ真昼」

「あはは」

「おまえが誰だとしても、もうでてこられないぞ。俺たちは完全に鬼を飼い慣らす薬を作って、おまえらを屈服させる」

といううと、グレンは笑って言った。

「なんかそれ、すっごくエロい薬ね～」

するとそれに、雷鳴鬼が、

《確かに。エロいぞ暮人》

などと言うが無視する。鬼には欲望しかない。もしくは、人間の欲望をそそのかすことだけに興味があるように思える。

そういう鬼との対話が、暮人はあまり好きではなかった。まるで、自分の中の弱い欲求を見透かされているようで。

「…………」

いま、グレンには薬が効いてる。

それがわかる。自分にも打ったのだ。薬は一度大きく力を暴走させてから、急速にその抑制力を高めていく。

その抑制力の案配が強ければ力も失ってしまうが、それをぎりぎりに設定するのが、今回の薬の肝だった。

そしておそらく、グレンにもこの薬は効いてきている。

鬼への抑制力が上がっていっているはずだ。

グレンは真昼が鬼と融合した、と言った。だが、そんなことができるのだろうか。

人と鬼の融合なんていうのは、いまの研究ではありえないことになっていたが、真昼ならやるかもしれない。

だが順当に考えれば、グレンは鬼に取り憑かれ、暴走し、正気を失った——だ。

なら、いまここにいるのは、鬼のはずだ。

グレンの鬼は、《ノ夜》と言った。

《ノ夜》がグレンに取り憑き、真昼の幻覚を見せている。

つまりグレンの欲求は、真昼なのだ。


真昼を救えなかった。

真昼に追いつけなかった。

真昼を手に入れられなかった。

だから彼は、真昼に取り憑かれてしまった。

《まるであなたと同じじゃない。妹にかなわなかったお兄ちゃん》

うるさい鬼が。いずれ黙らせてやる。

《だからエロいって》

「グレン。正気に戻れ」

「……私がグレンだよ」

「グレン」

「僕がグレンだ」

「グレン。早くしろ。俺たちに足踏みしてる時間はない」

「あはははははははははははは」

と、笑い始めたところで、急にグレンは頭を押さえた。

そして。


「…………」

◆◆◆

一瀬《いちのせ》グレンは、目を醒ました。

グレンは周囲を見回して、

「……なにが起きた」

目の前には暮人がいた。教室だ。第一渋谷高校。ああ、そうだ。ここで、注射を打たれて。

「……意識がなかった。俺はなにしてた」

と、聞くと、暮人が雷鳴鬼を鞘《さや》に戻しながら言った。

「欲望に取り憑かれていたが、薬が効いた」

「……欲望……俺は、妙なことを言っていたか？」

「おまえは真昼のふりをしてた」

「……真昼」

「もしくは、真昼に取り憑かれていた」

「……真昼は、俺の中にまだいるのか？」

「さっきも言ったが、検査ではおまえの中にいるのは一匹の鬼だけだ」

「…………」

「なにも覚えてないのか？」

と、問われて、グレンは答える。いま、見ていた夢の話を。

「また、夢を見てた。河原の向こうに真昼がいて」

「…………」

「みんなで、バーベキューしてるんだ。世界が滅亡してなくて」

「それがおまえの欲か」

「で、それを真昼が眺めてる。他の奴らは喋るんだが、真昼だけは、河原で、水に足を触れさせながら、ずっと黙ってて」

「……鬼に見せられてる幻覚だな。だが、鬼は抑制されたはずだ。声をかけてみろ。もう鬼と対話できるはずだ」

「ふむ」

「やってみろ」

と、言われ、グレンはうなずいて、

「ノ夜」

と、呼んでみた。

するとそれに、すぐに答えがあった。

「なぁに、グレン」

しかしその声は、心の中ではなく、外で響いた。

教室。

その、教室にある、窓。

窓は月明かりに照らされている。

窓枠に、美しい女が一人、座っている。

彼女はセーラー服を着ている。艶《つや》やかな、灰色の長い髪が、風に揺れて。

夢の中で、河原の水に対してそうしていたように、足を宙空でゆったりふわふわと動かして。

真昼だった。

真昼がそこに、座っていた。

それをグレンは見る。

窓を。

窓にいる、真昼の姿を。

すると、暮人もそちらを見て、

「……なんだ。なにを見ている」

と、言った。

どうやら、暮人にはあの、真昼の姿は見えないようだった。

じゃああれはなんだ。

現実か。

幻覚か。

それとも、彼女は鬼なのか。

だが鬼は外の世界には姿を現さないはずだ。実際に、ノ夜の姿を外で見たことはなかった。

なら、あれはなにか。

俺は、壊れてしまったのだろうか。

「…………」

「グレン」

「ああ。ノ夜が反応した」

「そうか。で、なにがあった。思い出したか」

すると窓際。真昼が言ってきた。

「『帝ノ鬼』の研究者たちに私を殺されて、暴走したと言うの」

その言葉は、なんだ。

真昼の言葉なのか。

それとも、自分の中の幻覚が生み出した、妄想か。

わからない。なにもわからない。わからないが、いまは真昼の言葉に従うしかなかった。誰が誰の味方か、まだ、わからないから。

そしてミスれば、蘇生した仲間たちは消滅することになる。

それだけは防がなければならない。

防ぐ方法は簡単だ。もしもこの真昼が、たとえ幻覚だったとしても。自分の中の鬼が生み出した幻想だったとしても、鬼は欲望の中から生まれる。

そして自分の中の欲求には、深夜たちを二度と殺させない——という願いがあるはずだった。

だから、この、真昼の言葉に従っておけば間違いはないはずだった。

これが本物の真昼だろうが。

妄想が生んだ偽物の真昼だろうが。

「……俺は……あそこで、『帝ノ鬼』の研究者たちに、真昼が殺されるのを見て……」

「暴走した？」

「……ああ。どうやらそのようだ」

「暴走中の記憶は？」

するとまた、真昼が言う。

「覚えてないと言うの」

「覚えてない」

「ふむ。じゃあ、なぜ真昼を殺したなんて言った」

「…………」

少し考えるような顔をする。

するとまた、真昼が答えをくれる。

「俺が殺したようなものだって言って。で、そう思い込んでたって。鬼にその弱みを利用されたって」

まるで操り人形だ——そんなことを思いながら、グレンは言う。

「……俺に、力がないから真昼を救えなかった。その負い目を、鬼に利用された」

暮人はそれに、うなずく。

「……そうか」

グレンもそれに、うなずく。

「……そうだ」

「わかった。正しい反応だ。予想通りの。鬼は抑制された。実験は終了する」

と、暮人は手をあげた。

すると、周囲の教室の光景が消えた。その、教室の景色すら、幻覚だった。もしくは幻術。脳はあっさり騙《だま》される。

欲望に。絶望に。希望に。愛に。友情に。人間は見たいものばかり見る。

教室の景色は消え、そこはどこかの実験場だった。

研究者たちがこちらを観察している。

武装した兵士たちが何十人も、《鬼呪》の武器でこちらを狙っていた。

その中に、暮人の従者もいた。たしか、三宮《さんぐう》葵《あおい》とかいう名の従者だ。

おまけに、深夜や、五士、美十、時雨、小百合も、その場所にいて。

真昼がそれに笑って、

「ほらね、グレン。私を信じてよかったでしょう」

グレンはそれを無視して、言った。

「……俺が壊れてないか、みなで観察か？」

と、言うと、暮人が答えた。

「中の会話は外には漏れていない。だが、おまえが暴走したら、俺一人じゃ止められないからな」

情報が漏れていないのは、事実だろう。暮人は『反逆』の話題に触れていた。そんなことが外に漏れれば、すぐに殺される可能性がある。この会話は外に漏れていない。なら、

「……この研究所自体が……」

暮人がうなずく。

「私有だ。これを俺が作れるくらいには……」

『帝ノ鬼』の力が弱った、ということだ。

五士と美十と小百合と時雨が駆け寄ってくる。

「おいグレン」

「グレン！」

「グレン様！」

「グレン様、大丈夫ですか⁉」

続いて深夜が歩いて近づいてきて、グレンを見下ろし、それから、暮人のほうへと聞く。

「どうだったの兄さん」

暮人が答える。

「薬が効いた。鬼は抑制できた」

「真昼は？」

「死んだようだ。計画にもそうあった。真昼は『帝ノ鬼』の計画通り、実験のために死んだ。で、真昼の死を見て、グレンは暴走したようだ。おまけに自分が殺したと思い込んだ」

と、言うのに、深夜は目を細める。

「……そうか」

こちらを見て、言う。

「辛かったね、グレン。でも、グレンのせいじゃない」

その深夜を見上げる。彼は悲しげな、哀れむような顔をしている。

そして、その後ろに。

深夜の後ろに、

「…………」

真昼が立っていた。

彼女はずっと美しく、楽しげに微笑んでいる。

それに誰も気づかない。

まるで気づかない。

幻覚か。

現実か。

自分は、もう、壊れてしまっているのだろうか。

と、思うと、真昼はこちらを見て、指を一本立てる。唇にそれをあてて、

「しー。怯えないでグレン。これは現実だから」

と、幻覚に言われる。

もしくはこれは彼女が言う通り現実なのか。

「それに、私が言った通りにしてよかったでしょう？　暮人はどうせ、一人でここにきたりしない。彼はいつも正しいから。じゃあもう、少し私は眠るね。おやすみグレン」

と、言って、彼女は消えた。

まるで最初からそこにはいなかったように、霧散するように消えてしまった。

「…………」

そしてグレンも、まるで何事もなかったかのように立ち上がって、言った。

「じゃあもう、俺たちは『帝ノ鬼』に戻れたのか？」

が、暮人が否定する。

「いいや。状況は変わらない。おまえらは裏切り者で、功績がなければ戻れない」

「功績ね。なにをすればいい」

すると、暮人は任務書とアンプルが入ったケースを渡してくる。

「強くなって任務を達成しろ。そうしたら戻れるように口を利いてやる」

「………」

それを見る。この薬を、深夜たちに打つのだ。強くなるためにまた、薬を打って、人間性を失う。

任務書を受け取るが、開かない。

どうせこの任務はこなさなければならない。

話は終わったとばかりに暮人が踵《きびす》を返し、部下になにかを命じながら去って行く。

その背中を見る。

その横に深夜が並んできて、言う。

「……やぁやぁ。柊家の支配下に再びようこそ、だね」

その深夜の顔を見て、グレンは言う。

「おまえも柊だ」

「控えおろう」

「うるせ」

と、グレンは笑う。

仲間たちを見る。

美十と、時雨と、小百合と、五士が、心配げにこちらを見ている。

「…………」

この、仲間たちの姿を見ると、ひどく安心する。

自分がやったことが間違っていなかったと、自己正当化できる。

なにが幻覚でもいいが、こいつらがいま、生きていることが幻覚だったなら、それはきついな、と思う。あの河原のバーベキューの夢を実現してくれなんて贅沢《ぜいたく》はいわないが。

だが、仲間たちを蘇生したことだけは、後悔しない事実だと、そう思える。

だからグレンは仲間たちを見て、ため息をつき、

「……心配かけた。復帰だ。俺が寝てる間、なにかあったか？」

と聞くと、みなが笑顔で首を振った。

そしてそれが嘘だとわかる。

美十や、五士や、小百合の表情でわかる。時雨だけはいつもの無表情でいまいち感情は読み取れないが、しかし、あとでなにがあったかは聞いてやる必要があるだろう。

だが彼らは、心配ないまの状況について、グレンにはなにも伝えないいつもりのようだっ

た。優しい奴らなのだ。だから、蘇生させた。そこに後悔はない。きっとこれは、永遠に後悔しないはずだ。

その、仲間たちを見つめ、グレンは手に持ったアンプルの入ったケースを見下ろして、言う。

仲間たちを、さらに人間ではなくす薬を見下ろして、

「……おまえらに」

が、言わせずに、五士が言った。

「強くなる必要があんだろ？　わかってるから、大丈夫だ」

美十がそのケースを奪い取り、開く。中にはやはり、五本のアンプルが入っていた。

強くなる必要がある。

強くなる必要が。

小百合が横から言う。

「グレン様。部屋が用意されてます。今夜はもう遅いので、食事をとって、休みましょう。グレン様は世界の破滅からずっと、まだ、なにも食べてないですから」

などと言うので、グレンは聞く。

「小百合」

「はい」

「おまえがなにか作っ……」

「もう作ってあります」

と、彼女は笑顔で言う。

続いて美十が、

「感謝しなさい。私も手伝ったんですから」

それに時雨が、

「ちょっと邪魔していたように思いますが」

「え」

などと言い合っていて。

まるでそれは、あの、河原で、バーベキューをしていたときの光景のように見えて。

「カレーか？」

ときくと、深夜が笑って、

「ハヤシライスだったらどうする？」

「がっかりする」

グレンが言うと、みんなが笑った。

食堂で、みなでカレーを食べた。

カレーを食べながら、任務書を確認した。

任務はシンプルだった。

『帝ノ鬼』が破滅前に所有していた、電力を大量供給するための緊急補助発電所が目黒区《めぐろ》にあるらしいのだが、それがダウンしてしまっていた。

そしてそこへ何部隊か派遣したのだが、誰も帰ってこない。かなり強い部隊も、いったきり戻らないのだという。だからなんの情報もないが、これ以上部隊は無駄にできない。

それを復旧しろ——というのが、今回の任務だった。

計画は立たない。情報がないのだ。おそらく、発電所にはバケモノか吸血鬼がいるのだろうが。

やれるか、やれないか、の話にはならなかった。

やるしかないのだ。

『帝ノ鬼』に戻るには、それしかない。

いや、こんな状況で、人類を復興させるためには、誰かがやるしかない。

暮人はここをグレンたちに任せている間、遊んでいるわけではないのだ。街ごと復興させるつもりなら、やるべきことはいくらでもあるだろう。

だから、これはグレンたちがやるべき仕事だった。どうするか、などという話は行われなかった。

本当に、やるしかない。

今日は寝て、明日は朝一番で目黒へ向かおう、という話になった。

グレンはカレーを三杯食べて、五士がどんだけカレー好きなんだよと笑った。

小百合が、たくさん食べてくれて嬉しいですと言い、美十が私も手伝ったと何度も言った。

時雨は静かで、深夜はにこにこと笑っていた。

その食堂で、それぞれ、アンプルを自分の腕に注射した。

みな、暴走しなかった。一瞬苦しそうな顔になったあと、呪詛は消えた。

それであっさり強化された。

この世界では、薬を改良し、人間じゃなくなることによって強くなっていく。

夜。

それぞれの部屋に分かれて眠ることになった。

シャワーを浴び、パーカーのような服に着替えた。戦闘服も新しく用意されていた。明日はそれを着て、任務へいくことになるだろう。

グレンはベッドに入り、しかししばらく眠れなかった。当然だ。ずっと眠っていたのだ。

それでもベッドに入ったまま、天井を見上げていた。

途中、部屋の扉の外に誰かが近づいてきたのがわかった。

とんとんっと、ノックされる。

「開いてる」

と、言うと、扉が開いた。

ノックの主は、美十だった。美十も、薄桃色のパジャマのような服を着ている。髪が濡《ぬ》れていて、シャワーを浴びた帰りだろう。

グレンはその、彼女に聞く。

「……寝ないのか？」

すると彼女は、しばらく答えない。

それから、

「……入っていい？」

答えに困る。入ってはならない理由が、なかった。彼女は、仲間なのだから。

「ああ」

と、答えると、彼女は入ってくる。扉を、ぱたんと閉める。

グレンは起き上がり、入り口の彼女を見る。彼女は緊張したような、それでいて、もの悲しげな顔をしていた。

「寝れないのか？」

と聞くと、彼女はうなずく。そして、彼女はなにか言おうとして。

「…………」

しかし、なにも言えない。少し膨らんだパジャマの胸を押さえ、彼女は、また、なにかを言おうとして。

「…………」

やはり、なにも言えなくて。

「……どうした」

と聞くと、彼女は泣きそうな顔で、言った。

「……ごめんなさい」

「なぜ謝る」

「もう、結論が出てるのに、また部屋にきてしまったから」

「…………」

「私は、仲間で、その……恋愛の対象には、もうなれないんですよね」

「…………」

彼女は胸を押さえ、こちらを見ることができないまま、震えていた。

「でも、世界がこんなになっちゃって、私の両親や、家族は……信徒たちはみんな、死んだっていう報告があって……」

「……」

「家族が死んだのは、あたしだけじゃないから、こんなふうに甘えるのは弱すぎるってわかってるんですが」

「……」

「わ、私は……」

「……」

「私は」

「泣くのは、いい」

と、グレンは言った。すると彼女は顔をあげた。大きな瞳からはもう、涙が溢《あふ》れていて、泣いていた。恐怖に震えていた。

「グレン!!」

と、彼女は言って、胸に抱きついてきた。胸の中で、彼女は、

「う、ううう」

と、うめいた。

「うううううううう」

と、胸の中で、他の、誰にも聞こえないように、悲鳴をあげた。

泣くのはあたりまえだった。本当にひどい世界になってしまったのだ。カレーを食べて、明るく笑っていられるような状況じゃなかった。

おまけに、彼女の親を殺したのは、自分だ。なのに、彼女を胸に抱いていた。ひどい奴だ。なにが泣くのはいいだ。

いったい、どうするのが正解なのか。

なにが正しいのか。

彼女に自分は、触れる資格があるのだろうか。

彼女は震えていた。その頭を、そっと撫《な》でてやる。それで彼女の痛みが、少しでも癒やされるのなら。

「………………」

そのまま彼女は、しばらく泣いた。

グレンはずっと、黙っていた。

少しすると、落ち着いたのか、彼女は、胸に顔をうずめたまま、言った。

「……あの、ごめんなさい」

「別にいい」

「ねえ、グレン」

「ん」

「あの……」

「………」

「真昼様は、本当に死んだんですか」

という問いに、また、少し緊張する。答え方を間違えれば。なにかに気づかれてしまえば、彼女は消滅してしまうから。

彼は、それに、うなずいた。

「ああ。たぶん」

「……じゃあ……いえ、こんな状況で、こんなことをいうのは、卑怯《ひきょう》だと思うのですが」

「うん」

「……あの、真昼様がいなくなったなら、その……私にもまた、チャンスが、あるのかな、って、思って……」

その、言葉に、答えようとして、しかし、

「ああ、答えなくていいです」

と、遮られてしまう。彼女は顔を、胸から離す。涙でぐしゃぐしゃになった顔で、照れたように頬《ほお》を赤らめて、

「……泣いてしまって、恥ずかしいです」

などと、言う。

ちょこんと、申し訳なさそうに横に座る。両手を自分のそろえた太ももにのせて、顔を伏せる。

彼女の体が。腰が、ベッドで、グレンの体に触れていて。

頭の中で、声がする。

——うわぁすごい欲求。罪の意識から逃げるために、彼女をめちゃくちゃにしたいって。ひどい男。でも、別にいいのよ。私の目の前でこの女とやっても、私は傷つかないから。

ノ夜の声じゃない。

真昼の声。

それを、無視する。

美十が言った。

「私、弱ってて……注射してから、胸が、どきどきしちゃって」

鬼は欲求を刺激する。心の奥底にある欲望に、より素直になるように、と、そそのかしてくる。

美十が言った。

「……別に、もう、好きになってもらわなくてもいいって、思って……」

「…………」

「こんな世界なら。いつ死んでもおかしくない世界なら」

「…………」

「なにかを待ってても、仕方がないから」


──抱いてあげなさいって。女の子をこれ以上傷つけるの？


グレンは無視する。

「ああ、私……なに言ってるんだろ。ごめんなさい。忘れてください」

と、彼女は立ち上がる。

グレンはその腕をつかむ。

「あ……」

と、彼女は少し、なにかを期待した顔でこちらを振り返るが、

「美十。どんな結論にせよ、いま決めることじゃない。俺たちは今日、鬼を増幅させる注射を打った」

「え……あ」

彼女の表情に、みるみる暗い色が落ちるが、ここで彼女を抱くわけにはいかなかった。

彼女は仲間で。

大切な家族で。


──じゃあ、私のことは大切じゃなかったから抱いたの？


無視する。

美十が言った。

「なら、別の日なら……私を抱きましたか？」

「……おまえに、どうしてもそれが必要なら」

──じゃああの日、私にはどうしてもあなたの体が必要だったと思ったの？


無視する。

美十が、また、泣きそうな顔になる。それからそれを隠すように、へへへと笑う。

「じゃあ、可能性あるんですね」

「………………」

「もっと胸が大きかったら、いいのかなぁ」

なんて彼女は自分の胸を見下ろして、笑って。

それからまた、顔がくしゃくしゃになり、泣きそうな顔になって、しかし、それを我慢してから、頬を濡らした涙を拭う。

「出直します」

と、彼女は部屋を出ようとする。

彼女が部屋の扉を開けると、

「おっと？」

と、なぜか外に五士がいて、美十の表情が変わる。

「な、な、あなた、聞いてたんですか⁉」

と怒鳴るが、五士は首を振って、

「いやいまきたとこだけど……なんかあったの？」

「ありません！」

と、美十は五士を押しのけて部屋を出て行く。

五士がそれに、

「おわわ」

と、うろたえた声で一歩引いたあと、

「美十ちゃーん。ちょっと、美十ちゃんなんで怒ってるのー？」

なんて声をかけながら彼女を追いかけて、

「うるさい！　明日は早いんだからさっさと寝なさい！」

遠くから、そんな声が聞こえる。

それに、五士が戻ってくる。部屋に入る。扉を閉める。

そして、五士はこちらを見て、言う。

「で、やったの？」

「やってねーよ」

「やってやれよー」

「なんでだよ」

「美十ちゃん家族みんな死んだんだよ。誰か慰める奴いるだろ」

「それで慰められんのかよ」

「俺は巨乳を枕にできたら超なぐさめられるけどなー」

などと五士は真顔で言ってくるので、

「ばーか」

と、グレンは苦笑する。

たぶん、五士は、わざと明るい話をしている。こんな世界で、こんなことをずっと言ってくれているのは彼だけだ。

「で、おまえなにしにきた」

グレンは聞く。

するとと五士は肩をすくめる。

「用はないけどさー」

「ないのになんでくんだよ」

「でも、美十ちゃんが入ってくの見てさ」

「うん」

「エッチな声聞こえたら聞いてやろーって思って」

「ふぅん。本気で？」

「うん」

五士はそれに、へらへら笑う。それから、

「いや、美十ちゃんが、傷つかないほうがいいなぁと思ってさ」

なんて言葉に、グレンは聞く。

「おまえあいつのこと好きなのか？」

「どうかなぁ。まあ〜、顔はかわいい」

「うん」

「性格もかわいい」

「うん」

「じゃあ好きかーっていうと、まあ、どうかな。まあ、好きか。仲間だし。仲間とか、家族とか、もう全然いないしな」

と、言うので、グレンは聞いた。

「おまえの家族はどうなったか、もう聞いたのか？」

するとそれに、五士が答える。

「……俺にさー。弟いたって知ってたっけ？」

「おまえより優秀な弟だろ」

「ああ、それそれ。俺がもう子供のころからコンプレックス炸裂《さくれつ》の、エリート弟君」

「……んで？」

「死体を見たよ。死んでた。めちゃくちゃ完全に死んでた」

「…………」

「親の死体も凄かった。うひゃーって。まあ、もう、世界中死体だらけだから珍しくないんだけど……なんだろなぁ。わかってたことなのに、家族の死体って、すげぇな。びっくりしちゃうんだよ心が。うわーって」

なんて、笑いながら言った。

「別にそんなに家族好きってわけじゃなかったと思ってたのに。でも、なんだろなぁ。だめだなぁ」

きっと、彼もひどく傷ついているだろう。泣いたはずだ。まだ、泣いていないなら、これから泣くはずだ。

グレンはそれに、

「おまえも胸で泣くか？」

と言うと、五士は笑って、

「美十ちゃんは泣いたの？」

グレンが肩をすくめるようにすると、五士はうなずいて、言う。

「じゃあ俺も泣こうかなぁ。ところでグレン」

「うん」

「もちろん巨乳だよね？」

「んなわけねぇだろ」

「じゃあだめじゃーん」

と言ったところで、ガチャッとまた、扉が開いた。深夜が部屋の中をのぞき、グレンと、五士を見て、

「……なになにお取り込み中？」

と言って。

五十がそれに。

「それが聞いてください深夜様。グレンが巨乳じゃないんですよ」

「なにそれ」

グレンはそれに、深夜を見て言う。

「なんでわらわらおまえら俺の部屋にくる」

すると深夜が、

「いやー、美十ちゃんが入って、泣いて出てくの見て」

「そっから見てたのかよ」

それに五十が、

「いまから俺も泣いて出ていくところだったんですよ」

「なにされたの？」

「無理矢理犯されそうになって」

「ひどいぞグレン」

なんて会話に、

「寝ていいか？」

と、言うと、深夜が言う。

「いや、多目的室に、ゲームがあったんだよ。やろ」

「だが明日の朝、早……」

が、遮って、深夜が笑って言う。なぜか胸を張って偉そうに、

「知らねぇよそんなの」

なんて、言って。

それに、三人は顔を見合わせて。

寝ている小百合と、時雨を起こし、美十の部屋にいって嫌がる彼女を無理矢理連れ出して、みんなでゲームをテレビに繋《つな》いだ。

ゲームなんてしているのは、たぶん、この世界ではグレンたちだけだろうと思えた。

なにせ世界は滅亡しているのだ。

だから他の、研究所に詰めている暮人の部下たちは、彼らのことを奇異なものを見るような顔で見ていた。

こんな世界で。

こんな状況で。

なぜ、ゲームなんかをするのか。

ゲームは人生ゲームだった。
生まれて、小学校へいき、中学校へいき、高校大学へいき。途中でパートナーを見つけ、子供が何人生まれたかでゴールのときボーナスが決まるようなごく普通の、スタンダードな人生ゲーム。

ゲームの中で、
五士はフリーターだった。
美十は専業主婦になった。
時雨はキャバ嬢。
小百合は建築家。
深夜はミュージシャン。
グレンは保育士だった。
職業はルーレットで決まった。
グレンが保育士になったのを、なぜか全員が爆笑した。全然似合わないのだという。
ゲームを午前二時までやった。
結局、美十が一位だった。

ゲームではいつも美十が一位だ。

専業主婦なのに、途中で株のデイトレードに成功して、二位以下に七百億の差をつけてぶっちぎりで勝利した。

「いえーい！　見ましたかあなたたち。専業主婦をなめないでください！」

などと元気に言って。

そしてグレンは最下位だった。途中、パチンコにはまってサラ金に手を出し破産して離婚した。

もう、最低の人生だった。

一位の美十が資産七百二億。

最下位のグレンは、資産マイナス二百円だった。

やってる間、とにかくみんなで笑った。

グレンが回すルーレットは、出る目出る目、異常にすべて悪くて。

でも、人生ゲームの中で最低最悪でも、世界は滅亡したりはしなかった。どんなに悪くても、起きる出来事は借金か離婚くらいだった。だから安心してルーレットを回せた。

ゲームが終わり、部屋に戻ることになった。

ゲームをやってよかったと思った。明日早くても、みんなでゲームをやると、まだ生きていることを実感できた。

寝る前。グレンは考えた。もしも自分が普通の家に生まれて、保育士になっていたらどんな人生だったろうか、と。

そのときの自分が持つ、生きる意味はなんだろうか、と。

子供たちの成長に意味を見いだすのだろうか。それとも、社会に貢献していることに意味を見いだすのだろうか。

たぶん、今日、保育士だった人間は、全員死んでしまっているはずだった。

大人はみんな、死んだのだから。

なら、彼らが生きる意味はなんだったのか。もし生き残ったとして、この世界を生きる理由はなにになるだろうか、と、そんなことを考えているうちに眠くなり、やがて眠りに落ちた。

◆

そして気づくと、朝になっていた。

グレンたちは破滅した世界を走る。

街中が死体だらけだった。以前より、腐臭がひどい。死体を処理しなければ、すぐに病気が蔓延《まんえん》するだろう。

あらゆる場所で子供たちが泣き叫んでいる。だが、助ける必要はない。ここらあたりでは『帝ノ鬼』の兵たちが必死に子供たちを救出し、保護していた。

とにかく、あの子供たちのためにも、電力を確保する必要があった。

だから走る。

目黒区まではすぐだった。鬼の体は、その気になれば、車より速度が出た。

途中、バケモノが暴れているのも見た。代官山《だいかんやま》の交差点で、『帝ノ鬼』の戦闘員と、バケモノたちが交戦していた。

「いけぇえええ！　殺せぇえええええ！」

「バケモノを駆逐して、俺たちの街を取り戻せぇえええええ！」

兵たちは叫んでいた。

人間たちは必死だった。

こんな世界でも、生き残った人間たちは、誰もが必死に自分たちがやれることをやろうとしていた。

バケモノは強く、何人もの兵たちが殺されるが、それでも人間たちはあきらめない。

一人が殺されてもあきらめない。

五人が殺されてもあきらめない。

十人目がバケモノの腕に斬り付ける。

十三人目がバケモノの首に取り付く。

十五人目がバケモノの首を落とす。

それで、代官山にいたバケモノが死ぬ。

「………」

それを横目に見ながら、グレンたちは通り過ぎた。

あらゆる場所で、人間たちの戦いは進んでいた。

バケモノを殺し、子供たちを助け、死体を焼いて処理し、放置車のバッテリーを回収したり、道路を舗装したり、キャンプを設営したりしている。

誰もに任務があった。

生き残った人間たち、誰もに、それぞれの戦いがあった。

だがそれでも、こんな世界で生き残る価値があるのかどうか、街へ出てみると、一気にわからなくなってしまう。

本当に死体しかないのだ。

都市機能は完全に失われてしまい、そこにあるのは絶望だけだった。

復興なんて、できるはずがないと、あきらめてしまいそうな絶望的な光景。

「お兄ちゃん……お兄ちゃん」

とそこで、泣いている子供が目に入った。子供は、すでに死んでいる兄にすがって泣いていた。

おそらく兄も六歳くらいだろう。泣いているのは四歳くらいだ。

それに、

「あれ……」

と、美十が言った。

「助けなきゃ」

と。だが、あれを助けるのなら、きっと、この先も際限なく、足止めされてしまうだろう。どこもかしこも、そんな光景しかないのだ。

時雨がそれに、言った。

「きっと、ほかの部隊が助けるでしょう」

そうだ。ここで止まってる暇はない。

小百合も苦しげな顔で、言った。

「いまは進まなければ」

そう。そうだ。自分たちには、任務があるのだ。

だがそこで、また、別の場所で声が上がった。

ヒュイイイイという、声。

白い、虫のようなバケモノの声だ。それはビルに、まるで木を這う虫のようにつかまっていて。

それをグレンたちは見上げる。

五士が言う。

「戦ってる暇は……」

が、小百合が言う。

「でもあれ倒さないと、子供が殺されます」

美十が言う。

「五人でやれるでしょうか?」

わからなかった。勝てないかもしれない。他の戦闘員たちは、二十人がかりでやっと倒していた。

ここであのバケモノの相手をするわけにはいかない。

任務があるのだ。

自分たちにしかできない、任務があるのだ。これを救っていては、後方で、電力の復旧を待っている暮人たちが死ぬ可能性がある。

だから、

「……見捨てよう」

と、グレンは言った。

「俺たちには、俺たちのやるべきことが……」

が、そこで、バケモノが、子供を見たのがわかった。「お兄ちゃん」と泣く、四歳の子供を。

刹那、バケモノがビルから跳躍した。

全員がそれに気づいた。

無視するなら、いまだ。駆け抜ければ、バケモノは子供に夢中でこちらを追いかけてこないだろう。

バケモノが腕の先についている鎌を振り上げる。ヒュイイイイと声をあげて、小さな、ただ、ただ、泣いているだけの子供へと向かって落ちていこうとする。

そしてそれに。

「くそがっ」

と、グレンは、腰の刀を抜いた。全身に呪詛を這わせ、彼は飛び出して。

「もうっ！」

と、後ろで、深夜が声をあげるのがわかった。

だが、気にせずグレンはバケモノの前に飛び出す。

さらにその目の前にバケモノが轟音《ごうおん》とともに着地して、鎌を振るってくる。

刀でその鎌を受ける。

速い。

ギィン、ギィンと、刀で二回それを受けたところで、バケモノの鎌の軌道が変わる。グレンじゃなく、隙を縫って背後の子供を狙ってきて。

「えぐい攻撃してくんなおい」

と、刀をぐるっと回して、それもなんとか、防ぐ。

離れた場所で、深夜が叫ぶ。

「いけ白虎丸」

それで、バケモノは深夜に狙撃される。腕が二本、爆裂して吹っ飛ぶ。

「よしっ」

と、グレンが刀をもう一度構え直そうとしたところで、急にバケモノはなにか、黄色い液体をぶしゅっと音を立てて吐き出してくる。

「なっ」

それがなにかはわからない。

だが、よければ、液体が子供にかかる。振り返って子供を連れて逃げる時間も、もうない。

ならどうするか。

どうするのが正解か。

「くっ」

と、振り向いて、グレンは子供に覆《おお》い被《かぶ》さった。

子供は驚きの顔でこちらを見上げている。

「え、え」

「目を閉じろガキ」

「え、はい」

背中に液体がかかる。ジュッと、焼けるような感覚があった。酸だ。それも、異常に強い。その酸が、体の中に、侵入してこようとして。

「グレン様!」

小百合が小刀を振るう。液体がかかった部分の皮膚を、切り取って弾く。

「無茶しないでください!」

と、叫ぶ。

そこで深夜と、美十と、時雨と、五士が、一斉にバケモノに襲いかかる。

グレンも立ち上がり、バケモノへと攻撃をする。

それでもバケモノは強かった。

安全に安全を重ねたせいか、戦闘は十分ちょっとかかったが――

「死ねぇええええええええええええ！」

最後はグレンが刀を振るって、首を落とした。首だけになったバケモノが、ヒュイイイイッと声をあげてから、動かなくなった。

誰も失うことなく、バケモノを倒すことができた。以前の力では勝てなかっただろう。だが、新しい薬が効いていた。全員の動きが、前よりもずっといい。だから、勝てた。でなきゃ、死人が出てた。

バケモノが動かなくなったのを確認すると、仲間たちが一斉に集まってきて。

「なんで無茶するんだよ！」

と、深夜が怒った。

「傷は！　傷は大丈夫なんですか！」

と、美十が背中を見てくるが、小百合のおかげで、酸は内臓へは届かなかった。皮膚はもう再生していた。溶けて破れた服は替えなければならないだろうが、着替えは持ってきている。

「ってか、あんまりゆっくりしてるとまたバケモノでてくるから移動しようぜ」

と、五十がきょろきょろして。

時雨と小百合が、怯えている四歳の少年の横についた。

「もう大丈夫だからね」

「安心してください」

それに、四歳の少年が、こちらを見上げて、言った。

「あ、あ、あなたたちは、誰……？」

というのに、グレンは少年を見下ろして、答えた。

「保育士だ」

「なんだよそれ」

と、深夜があきれたように横で言う。

「借金して離婚したくせに」

「あ？」

「この子、どうするの？」

それにもう一度、見下ろす。

すると、

「あ、あの、お兄ちゃんが、お兄ちゃんが大変なの。お兄ちゃんを助けて」

と、少年が言う。

だが、その、お兄ちゃんは、もう死んでいる。

グレンはしゃがんで、その少年の肩をつかんで、目を見つめる。少年は泣いている。涙がぼろぼろとこぼれているが、現実を教えなければならない。

「なあ、聞いてくれ」

「それより、お兄ちゃんが」

「聞いてくれ」

「さっきお兄ちゃんが、僕をかばって、石に潰されて」

「聞いてくれ。お兄ちゃんは、死んだ」

「うそだ」

「でも君は生きなきゃいけない」

「うそだうそだ」

「うそじゃない」

「うそだうそだうそだうそだうそだ」

という少年を、グレンは、ぎゅっと抱きしめる。少年の体は温かくて。まだ、生きているのがわかって。胸の中で、少年は泣き叫ぶ。

「離せ！　お兄ちゃんを助けなきゃ……僕をかばって、お兄ちゃんがぁあああ」

というのに、耳元で、

「ごめん」

と、グレンは言った。

「ごめんな」

と、心から謝った。

自分のせいだ。これは全部、自分のせいだ。なのに、自分は、こんなことをいわなきゃならない。

「でも君は、生きるんだ」

「やだ」

「お兄ちゃんが、かばったんだ。お兄ちゃんが、生きろって言ってるんだ」

「やだやだやだやだ」

「頼む」

「嫌だ」

「大丈夫。君は、大丈夫だから」

「嫌だぁあああああ」

と、叫ぶ、少年の背中をぐっと押した。それで、少年の意識がなくなる。その、気を失った少年の体をぎゅっと抱いて、

「……………」

それから、肩に抱えて立ち上がる。

深夜たちが、悲しげな顔でこちらを見ている。

「グレン」

「ん」

「一度下がって、後衛の部隊のところに連れて行こう」

「ああ」

「でもグレン」

「うん」

「次は助けられない。僕らの任務が遅れれば結局——」

「わかってる。悪かった」

「いや、悪くないよ。今回は、君がやってなきゃ、僕がやってた」

と、言うと、他の仲間たちも、

「俺も」

「私も」

「わたくしも」

と、言った。

ひどい世界だった。

これを、

「……ずっと、暮人はやってるのか。ひどい顔してるわけだ」

と、そう思う。

後衛に戻り、『帝ノ鬼』の部隊の一人に、少年を託した。目を覚ましたら、また、泣き叫ぶだろうか。

叫ぶだろう。もう、兄はいないのだ。

それでも生きていかなければならない。

この世界で。

こんな狂った世界で。

しかし、その、生きる意味はなんだろう。

少年を託し、六人はまた、走った。

そして。

◆

目的地にはすぐについた。

目黒区、駒沢通《こまざわどお》りを進んださきにある、学芸大学《がくげいだいがく》駅の近く。なんの変哲もないビルの地下に、補助発電所はおかれていた。

そこへたどりつくまでの間、なんの障害もなかった。少なくともグレンたちを止めるような障害は。

深夜が言った。

「……おかしい。なにもないね」

暮人が送った部隊は、誰も帰ってこなかった——という話だったのだが。

ビルの地下で、あっさり補助発電用の施設を見つける。電源が壊れていて、修理が必要だが、修理できそうだった。修理は小百合と五士がやると言った。修理完了まで、半日かかるとのことだった。

だからグレンと、深夜、時雨、美十は、外へ見張りにでることにした。

美十と時雨は、すでに敵がいないと確認されている東側を。

グレンと深夜は、まだ、安全が確認されていない、西側を見張ることになった。

そして。

それからビルの中で四時間。

グレンは、深夜と過ごした。

二人でくだらない話をした。

あの子供のことを考えなくてすむように。

ここまでの道でみた、凄惨な光景を思い出さなくてすむように。

ゲームの話。

スポーツの話。

くだらない下ネタ。

天気の話。

そんなことを、無駄に話した。

そしてなぜかその途中、性欲の話になって。なんでそんな話になるのかと聞くと、結局なぜ生きるのかの話になってしまった。

わからないからだ。あまりにひどすぎて、わからなくなってしまうから、その話へと引き寄せられてしまう。

なぜ生きるのか。

こんな世界で。

こんなひどい世界で、

「……ここまでして、それでも生きる意味があるか?」

という、グレンの問いに、深夜が答えた。

「グレン」

「ん」

「僕に聞くなよ」

「まあそうだが」

「もしくは、君があるって言うなら、僕もあるって言うよ」

「あ、おまえ卑怯だぞ」

だが深夜が笑って言った。

「どうするグレン。生きる意味あんの？」

「…………」

「ほらほら、どうなのグレン。ないなら自殺するから、早く決めてくれる？」

なんて、へらへらと深夜は言う。

答えは簡単だろといわんばかりに。どうせ、生きる意味はあるって言うんだろ、といわんばかりに。

「…………」

それにグレンは顔をしかめて考える。

生きる意味はあるのか。

こんな世界で、生きる意味はあるのか。

答えは出ないまま。

いや、答えなんて、ないのかもしれない。

いつだって、生きる意味はないのかもしれない。

じゃあ、いったい、なんのために生きるのか。

自分の、生きる理由は、考えても、考えても、もう、見つけられなかった。

だが、じゃあ、深夜はどうだろう。五士や。美十や。時雨や、小百合はどうだろう。いや、あの、さっき助けた少年に対してさえ、生きて欲しいという気持ちを、グレンは持っていた。

なら、これは、エゴなのかもしれない。

自分の生きる理由は見つけられなくても、誰かに生きて欲しいと思っていて。そして誰かに、生きて欲しいと思ってもらえているのなら、その、生きる意味は──

「ある」

と、グレンは言った。

するとそれに深夜があっさり、

「そか」

と答えた。

グレンはその、自分が生きていて欲しいと願う深夜のその反応を確認しながら、もう一度言った。
「生きる意味はある」
するとと深夜が答えてくれた。
「そう決まった?」
「ああ。そう決めた」
でなければ、もう、深夜たちに顔向けできない。
自分が蘇生させたのだ。
自分がこんな世界にした上に、無理矢理蘇生させたのだ。
自分のエゴで、なにもかもを決めてしまった。
なら、せめて、この世界で前を向かなければならない。
未来を見るのだ。
正しい未来を。
そのためにはどうしたらいいか。
どうしたら、前に進めるか。
それを考えていると、突然――背後で声がした。
――答えを教えてあげようか。

真昼の声だった。

おまえが決めることじゃない、と、心で呟く。だが彼女は続ける。

——助けてあげたいの。

ふざけるな。なら、おまえは生きる意味を知ってるのか。

——知ってる。十年しか生きない、深夜たちを救う方法も。

嘘だね。鬼め。おまえは俺を乗っ取ろうとしてる。

——嘘じゃない。だってまだ、あなたは計画のうちだから。さあ、もうすぐ吸血鬼がくるわよ。

などと、彼女は言う。

彼女の声が聞こえない深夜が楽しげに言った。

「じゃあもう、悩まないね」

「……ああ」

「誰のおかげ？」

と、そこで、本当に吸血鬼がやってきた。

ビルの下。

西から東へ、移動している男。

吸血鬼だ。

「……敵だ」

と、グレンが言うと、深夜も気づいている。

「わかってる。狙撃を――」


――断って。あなたはあの吸血鬼に接触する必要がある。

それに、グレンは言う。

「ここからじゃよけられる。敵は強い」

「そうだね」

「俺がいく。足止めするからおまえが殺せ」

「わかった。ねぇグレン」

「ん？」

「きっと生きる意味はある。だからこんなところで死なないでよ」

と、言うので、グレンはうなずく。

大丈夫だ。いま、生きる意味は見つけたのだ。

深夜や、五士や、美十や、時雨や、小百合が生きているのなら——俺はここで、生きる意味がある。


ビルの、オフィスから飛び出す。階段を下っていきながら、彼は言った。

「真昼」

「なぁに」

「俺に、深夜たちを救う方法を教えろ」

すると彼女は姿を現わした。横を併走するように走りながら、にっこりと笑って。

「いいよ。一緒に頑張りましょう」

と、そう言った。

あとがき

初めまして。

鏡貴也《かがみたかや》です。

新シリーズなので初めましてと書きましたが、この本を一冊目として読む方がどれくらいいますでしょうか。

世界滅亡直後からこの物語は始まります。

世界滅亡までは『終わりのセラフ　一瀬《いちのせ》グレン、16歳の破滅《カタストロフィ》』をよろしくお願いします。


で、破滅です。

前巻ラストで、このシリーズは終わりでいいと思っていました。

破滅の物語で、破滅までを描いたので、ここから、ジャンプSQ．で連載されている8年後の物語『終わりのセラフ』へ続けば綺麗《きれい》だと思いました。


しかしこれを書くことになりました。

破滅直後から人間たちが復興していく物語です。書くに当たって、まずどこから描くか悩みました。どの視点から描くかも考えました。

大きな罪を背負ってのスタートで、それと常に向き合いながら進むのでエンタメとしてもやりにくいのじゃないかなー、と書く前は恐怖がありました。小説は漫画と違い、その罪を謎として横においておくことができず、罪の意識として継続的に描写しながら進むからです。圧倒的な絶望からスタートする物語。うへー書くの大変そー、と。

それでも書いてみたところ、挑戦しがいがあって、楽しく書けました。

破滅の物語が終わり、再誕の物語が始まります。

といっても、僕の中で破滅というキーワードは、世界の破滅よりも16歳というキーワードへかけていました。

16歳という、まだなにもかもが輝いていた時代の、青春期の破滅です。

グレンはコミックの世界のころよりも無邪気で、罪を背負っていません。

しかし、痛みを抱え、大人になっていきます。『終わりのセラフ』は二世代が活躍している物語で、子供チームが優《ゆう》たちで、大人チームがグレンたちですが、グレンたちの子供時代が破滅しました。

青春期の破滅の先。人の心にはなにが再誕するのか。

この新しいシリーズを楽しんでいただければ嬉《うれ》しいです。

あとあと、この新シリーズを書く決意には、月刊少年マガジンにおいて、『終わりのセラフ　一瀬グレン、16歳の破滅』の連載が始まったことにも影響されました。浅見《あさみ》よう先生が描いてくれている破滅の世界が本当に本当に素晴らしく、おもしろく、キャラクターがかわいく、そして悲しいので、僕の中で再発見があり、再誕を描く強い原動力になりました。

まだ読んでない方は、コミカライズもぜひ！

なんと、みんなのおかげで、アンケートもめちゃくちゃいいんだって！　あと、発売一週間で大重版だった！　やったー！

コミックと小説をみんなが布教してくれたら講談社が頑張ってメディアミックスしてくれるかもだから、応援よろしく！（笑）

でーはー、始まったばかりの新シリーズ。みなさんよろしくお願いします！

鏡貴也《かがみたかや》

講談社ラノベ文庫

終《お》わりのセラフ

一瀬《いちのせ》グレン、19歳《さい》の世界再誕《リザレクション》1

鏡《かがみ》 貴也《たかや》

2017年12月27日第1刷発行

発行者	森田浩章
発行所	株式会社　講談社 〒112-8001 東京都文京区音羽2-12-21
電話	出版　(03)5395-3715 販売　(03)5395-3608 業務　(03)5395-3603
デザイン	AFTERGLOW
本文データ制作	講談社デジタル製作
印刷所	豊国印刷株式会社
製本所	株式会社フォーネット社

ISBN978-4-06-381636-5　N.D.C.913　268p　15cm

定価はカバーに表示してあります

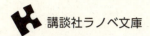

原作 鏡 貴也
漫画 浅見よう
キャラクター原案 山本ヤマト
1
MONTHLY SHONEN MAGAZINE COMICS
終《お》わりのセラフ
Seraph of the end
一瀬《いちのせ》グレン、16歳の破滅《カタストロフィ》

講談社 刊

原作 鏡 貴也
漫画 山本ヤマト
降矢大輔
1
終わりのセラフ
Seraph of the end
JUMP COMICS SQ.

原作 鏡 貴也
漫画 山本ヤマト
降矢大輔
2
終わりのセラフ
Seraph of the end
JUMP COMICS SQ.

鏡 貴也
山本ヤマト
3
終わりのセラフ
Seraph of the end
JUMP COMICS SQ.

原作 鏡 貴也
漫画 山本ヤマト
降矢大輔
4
終わりのセラフ
Seraph of the end
JUMP COMICS SQ.

原作 鏡 貴也
漫画 山本ヤマト
降矢大輔
5
終わりのセラフ
Seraph of the end
JUMP COMICS SQ.

鏡 貴也
山本ヤマト
降矢大輔
6
終わりのセラフ
Seraph of the end
JUMP COMICS SQ.

鏡 貴也
山本ヤマト
降矢大輔
7
終わりのセラフ
Seraph of the end
JUMP COMICS SQ.

原作 鏡 貴也
漫画 山本ヤマト
降矢大輔
8
終わりのセラフ
Seraph of the end
SQ.

鏡 貴也
山本ヤマト
9
終わりのセラフ
Seraph of the end
JUMP COMICS SQ.